JN221828

かき乱す〈黒人〉の声

トゥーマー、アンダソン、ウィンダム・ルイスとヘミングウェイ

中村 亨
NAKAMURA Toru

論創社

目次

序章

一．白人作家たちとハーレム・ルネッサンスの相関

　本書では、シャーウッド・アンダソンとジーン・トゥーマー、ウィンダム・ルイスとアーネスト・ヘミングウェイという四人の作家の関係を探り、白人の作家であるアンダソン、ルイス、ヘミングウェイが、トゥーマーを筆頭とするハーレム・ルネッサンスの動き、そしてより広く同時代の黒人文学の興隆にどう反応したのかを探る。そしてこの三人の白人作家たちのテクストにおいて黒人がどのように捉えられ、どのような働きを果たしているのかを検討する。その検討を通して目指すのは、今日「モダニズム」と称される戦間期の英米における前衛的な白人作家たちと、同時代のアフリカ系アメリカ人、黒人との関係を浮き彫りにすることである。(1)

　伝統的に英米文学研究においては、白人の文学と黒人文学とは別個の領域として研究され、その別領域に属すると見なされた作家や文学運動の関係は無視される傾向があった。だが一九九〇

年代半ばからこうした暗黙の境界を打ち破る著作が現れ、戦間期の英米文学における黒人と白人の文学の密接な関係が明らかにされつつある。その先駆的な研究としてはまず、白人によるモダニズムとハーレム・ルネッサンスの間の相関を浮き彫りにしたマイケル・ノースの『モダニズムの方言』（*The Dialect of Modernism*, 1994）が挙げられる。彼は一方でエズラ・パウンドやT・S・エリオット、ガートルード・スタインらの創作における黒人の口語への関心と模倣があり、そして他方でそれとは相反する動きとしてジーン・トゥーマーやクロード・マッケイらの文学が黒人の話し言葉から距離を置くようになったことを明らかにしている。またジョージ・ハチンソンの『黒人と白人のハーレム・ルネッサンス』（*The Harlem Renaissance in Black and White*, 1995）はハーレム・ルネッサンスの動きとそれを支援した白人文学者たちおよびリヴェライトなどユダヤ系アメリカ人の出版社との相互関係を包括的に検証している。さらにアン・ダグラスの『恐るべき率直さ——一九二〇年代における雑種的マンハッタン』（*Terrible Honesty: Mongrel Manhattan in the 1920s*, 1995）は一九二〇年代ニューヨーク出版界における白人と黒人の関連に注目している。[2]

この新たな潮流に呼応する動きは、アンダソンとトゥーマーに関しては一九九〇年代の後半から、ヘミングウェイとハーレム・ルネッサンスの関係については二〇〇〇年代に入ってから現れ始めた。

チャールズ・スクラッグスとリー・ヴァンデマールによるトゥーマーの研究書『ジーン・トゥーマーとアメリカ史の恐怖』（*Jean Toomer and the Terrors of American History*, 1998）は、アンダソンのトゥーマーとの関わりを白人によるトゥーマーの創作への否定的な介入と見なしていたそれまでの一般的な研究とは異なり、二人が多民族国家であるアメリカ独自の文学を新たに創造しようとする理念を共有していたことを明らかにした。そしてトゥーマーが自分の目指す文学を創り出すためにいかにアンダソンの技法を活用したかを検証している。マーク・ウェイレンの『アメリカにおける人種、男らしさとモダニズム――シャーウッド・アンダソンとジーン・トゥーマーのショート・ストーリー・サイクル』(*Race, Manhood, and Modernism in America: The Short Story Cycles of Sherwood Anderson and Jean Toomer*, 2007) はスクラッグスたちの共著の知見を踏まえ、アンダソンの文学とトゥーマーの『砂糖きび』(*Cane*, 1923) 創作との関係をより包括的なかたちで、ジェンダーと人種という二つの問題の交差に注目して論じている。

一方ヘミングウェイとハーレム・ルネッサンスの関係については、ゲイリー・ホウルコムとチャールズ・スクラッグスが編集した論文集『ヘミングウェイとブラック・ルネッサンス』(*Hemingway and the Black Renaissance*, 2012) が出版されると、それまでまったく未開拓だった領域に一気に光が当たるようになった。また特筆すべきことに、寄稿者の一人マーガレット・ライト＝クリーブランドはこの論文集の刊行に先立ち、トゥーマー、アンダソン、ヘミングウェイ、それにウィリアム・フォークナーという四人の作家の関係を「白人性」という観点から考察するという、本書がこれから展開する論考と考察対象および問題意識が重なる博士論文を書き上げている。そして彼女は『ヘミングウェイとブラック・ルネッサンス』ではトゥーマーとヘミングウェイの関係について考察している。

ただし今挙げたウェイレンによる著作やヘミングウェイについての論文集では、論じられているのはトゥーマーがアンダソンからどう影響を受けどのような革新を行ったのか、あるいはハーレム・ルネッサンスの作家たちがヘミングウェイからどう影響を受けたか、といったことであって、逆にアンダソンやヘミングウェイがトゥーマーやハーレム・ルネッサンスの作家たちの動きあるいは作品にどう反応し、あるいはどのような感化を受けたのか、ということはほとんど論じられていない。『ヘミングウェイとブラック・ルネッサンス』に収録された論考でライト＝クリーブランドが行っていることにしても、トゥーマーとヘミングウェイの作品の形式や内容についての静態的な比較検討にとどまっている。(3)

それに対し本書が特に問題にしたいのは、第一にアンダソンがトゥーマーの『砂糖きび』からどれほど大きな感化を受け、ハーレム・ルネッサンスの動きにどう応じたかであり、第二にヘミングウェイとルイスがそのアンダソンが受けた感化に対してどう反応し、さらに二人がハーレム・ルネッサンスの動きに対しどのような態度を取ったのかである。なおここで言い添えておくと、トゥーマーやハーレム・ルネッサンスの作家との関係が新たに研究されるようになってきているアンダソンやヘミングウェイとは異なり、ウィンダム・ルイスに関しては、彼とハーレム・ルネッサンスをはじめとする黒人作家たちとの関係は研究者からはほぼ完全に無視されてきた、と言っていい。ルイスの著作の中でそれらの作家たちについての明確な言及があるにもかかわらず、である。

本書ではまず、トゥーマーの鮮烈なデビュー作『砂糖きび』からアンダソンがいかに衝撃と動揺を与えられ、その衝撃が彼の文学に作用しているかを『暗い笑い』（*Dark Laughter*, 1925）を主に分析することで明らかにする。そしてその『暗い笑い』を読んだルイスとヘミングウェイが、アンダソンが『砂糖きび』から受けた衝撃と動揺をどのように受けとめ、そしてハーレム・ルネッサンスという同時代の動きにどう反応したのかを、二人が『暗い笑い』への応答として発表した作品に注目して読み解く。『暗い笑い』を批判するルイスの文学評論書『白い輩』（*Paleface*, 1929）と、ヘミングウェイによる『暗い笑い』のパロディ小説『春の奔流』（*The Torrents of Spring*, 1926）である。

トゥーマー、アンダソン、ヘミングウェイ、ルイスという四人の作家たちの関係を探るための重要な焦点、そして四人を結ぶ結節点として本書ではアンダソンの『暗い笑い』に注目するが、この小説そのものが駄作の烙印を押され、ほとんどの研究者からは無視され、真剣には検討されてこなかった。ましてや、『暗い笑い』と他の三人の作家、トゥーマー、ルイス、ヘミングウェイの関係については、多くは語られてこなかった。

まず、『暗い笑い』を書いたアンダソンとトゥーマーの関係について見てみると、『砂糖きび』が研究の対象として論じられるようになり始めた一九七〇年代の初めを除くと、近年まで二人の関係についての議論そのものがほとんど行われてこなかった。トゥーマー研究のパイオニアであり権威でもあるダーウィン・ターナーが提示した考え、すなわちトゥーマーとの出会いにもかかわらず、結局アンダソンはすでに持っていた彼のアフリカ系アメリカ人に対する固定観念を脱することができなかったという見解が、その後議論や再考がなされないまま定説化されてきた感がある。それまで入手困難だったトゥーマーの著作群、絶版状態や未出版の著作を掘り起こし編纂し出版することによって、研究の礎を築いたターナーは、アンダソンとトゥーマーとの往復書簡の検証をもとに二人の関係について論考を発表している。彼は書簡によって二人の交流を跡づけたあと、最後に『暗い笑い』に言及し、トゥーマーとの対話を経てもなお変わらなかったアンダソンの、アフリカ系アメリカ人への無理解を強調する。小説の具体的な分析は特に行わずにターナーは、アンダソンが「長年描きたいと望んでいた、無垢で性的に解放されていて、ありのままで賢い、笑う原始的な人種への、好意的ではあるが耳障りな讃歌」を出版し、トゥーマーとのすれ違いを露わにした、と総括する（Turner 466）。

ターナーの論考の約四十年後、『暗い笑い』も見据えてアンダソンとトゥーマーの関係に正面から取り組んだライト＝クリーブランドの研究においても、このアンダソンの固定観念と無理解という考えは踏襲されている。彼女は、アンダソンは「アメリカにおける白人性と黒人性についての時代遅れで限定された理解」しかできず、トゥーマーをはじめとする彼の後継者は「プリミティビズムとは異なる黒人性と白人性についての理解を明確に表す」よう促された、と論じる

(Wright-Cleveland, "Sherwood" 46)。そして「アフリカ系アメリカ人についての空想的見方(his romanticization of African-Americans)」から脱することができずに「プリミティビズムを奉ずる」小説『暗い笑い』を書いたアンダソンと、彼と見解を異にするトゥーマーとの関わりは必然的に、「つかの間の相互関係」にならざるを得なかった、と結論づけられる(55)。

『暗い笑い』に対しウィンダム・ルイスが『白い輩』で行った批判については、ルイスの研究者たちは口を閉ざしている。その理由はおそらく、『白い輩』という評論そのものが彼の露骨な人種差別を表明した書であり、『暗い笑い』への批判も彼の差別的な人種観に根ざしているからであろう。

そして今日駄作という評価が定まっている『暗い笑い』をヘミングウェイが『春の奔流』でパロディ化し嘲笑の対象としたことについては、『暗い笑い』に表れているアンダソンの「極度に単純化されたセンチメンタリズム」(Baker 40)、あるいは「センチメンタルなプリミティビズム」(Meyers, *Hemingway* 167)をヘミングウェイが揶揄しているという説明で済まされてしまっている感がある。ヘミングウェイとフォークナーがトゥーマーと同じく新世代の作家として、「時代遅れ」なアンダソンの「プリミティビズム」から決別したと見なすライト＝クリーブランドの見解も、このようなアンダソンとヘミングウェイの関係についての定説化した見方の延長にあると言える。

本書はこれらの先行研究とは異なり、『砂糖きび』が突きつける人種差別の暴力に震撼したアンダソンの衝撃を伝える書が『暗い笑い』であり、『暗い笑い』からその衝撃を読み取ったルイスとヘミングウェイを動揺させ、困惑させたと考える。

『暗い笑い』を読んだルイスはこの小説を、黒人と白人との文化的接触が白人に悪影響を与える証左であると見なし、評論『白い輩』全体では黒人文化と白人文化の分離を訴えている。そしてその危険視の主張の中で、『暗い笑い』をパロディによって攻撃したヘミングウェイの小説『春の奔流』を高く評価している。一方ルイスのその『白い輩』における『春の奔流』の称賛に対し、ヘミングウェイは感謝と同意を伝える手紙をルイスに書き送っている。ルイスがこの評論でまぎれもない分離主義者の主張を展開し、後にはナチスの礼賛者になるほどの極右思想と人種差別に傾倒したことを考慮するなら、ルイスとアンダソン、ヘミングウェイ三者の関係はたんに個人間の関係という次元ではなく、より広く人種をめぐる同時代の文化抗争の中に位置づける必要がある。

それに加え、ルイスは『白い輩』で『暗い笑い』の糾弾と白人と黒人の文化的分離の主張を展開する中で、ハーレム・ルネッサンスの作家たちに言及しその活躍を白人への脅威として捉えており、この点は本書で扱う四人の作家たちの関係を考察する上で無視するわけにはいかない。このルイスのハーレム・ルネッサンスについての見解は、彼を人種差別主義者という非難から擁護したい英米のルイス研究者は直視したがらない事実であり、また『春の奔流』にもヘミングウェイとルイスとの関係にもさほど関心を向けてこなかったヘミングウェイ研究者には見逃されてきた事実である。だがハーレム・ルネッサンスへの警戒と分かちがたく結びついたルイスによるアンダソンの敵視とヘミングウェイへの称賛、そしてヘミングウェイによるその称賛の受け入れを検討することは、これまで別個に捉えられてきた複数の文学運動の相関関係に光を当てることになるだろう。すなわち、ハーレム・ルネッサンス、ルイスが一翼を担っていた英国モダニズム、アンダソンの世代のアメリカ白人作家たちの文学運動、それからヘミングウェイを筆頭とする「ロスト・ジェネレーション」と呼ばれる新世代のアメリカ文学の間のダイナミックな関わり、相互交渉の一端を明らかにすることにつながるはずである。

二．見つめられる白人たち——トニ・モリスンによる白人作家論の、批判的継承

三人の白人作家たちとトゥーマーそしてハーレム・ルネッサンスとの相関関係を検討した後、本書の後半では『春の奔流』以降にヘミングウェイが発表したいくつかの作品に目を向け、それらの作品の中で黒人登場人物たちがどのように扱われているのか、そしてその一方で黒人との関連において作中の白人男性たちがどのように捉えられているのかを考察する。本書の黒人表象およびそれと対をなす白人表象についての考察は、作家トニ・モリスンがその文学評論『白さと想像力——アメリカ文学の黒人像』（*Playing in the Dark: Whiteness and the Literary Imagination*, 1993）で展開した論考についての応答である。

「ホワイトネス・スタディーズ」の先駆的研究であるその著作においてモリスンは、ヘミングウェイとさらにはウィラ・キャザー、ポーの作品を取り上げ、白人の文学の中で黒人という存在が持つ意味合いについて考察している。彼女は白人の文学に陰のように寄り添う、テクストの周縁部に置かれた目立たない黒人たちがいかにその文学にとって不可欠な存在であり、作者さらには読者の白人としてのアイデンティティ形成に寄与しているかを論じる。西欧中心の知的伝統の下でアフリカ人あるいはアフリカ系アメリカ人という「アフリカ系の人々が意味するようになった、明示的あるいは共示的な黒人性（the denotative and connotative blackness that African peoples have come to signify）」に注目し（6）、「文学上の黒人性」との関わりを通していかに「文学上の白人性」が構築されているかを分析している（xii）。

本書は文学における黒人像との連関において白人の意識、白人であることの意味について考えるモリスンの議論を敷衍するものであり、彼女の論を出発点としているが、しかしながら彼女の考察には大きな問題点がある。その問題点とは、アメリカの白人作家たちの系譜を論ずるモリスンが、それらの作家たちと同時代の黒人による著作との間に相互の働きかけがまるで存在しなかったかのように語り、白人作家たちがもっぱら自らの想像によって黒人像を作り上げてきたと見なしていることだ。モリスンが白人と黒人著作家との間の相互交渉を想定していないことは、十九世紀にアメリカで流行した「奴隷自身によるナラティブ」は「マスター・ナラティブを破壊しなかった」のでマスター・ナラティブは「完全に無傷のまま」だったという説明からもうかがえるし（50-51）、ヘミングウェイとアフリカ系アメリカ人の関係について「彼は彼らのことを、自分の作品の読者としても、自分の空想の世界以外のいかなる場所に存在する人々としても、必要とはしていなかったし、望んでもいなかったし、また意識もしていなかった」（69）と記していることにも表れている。

それに対し本書で示したいのは、モリスンが考察の対象としているヘミングウェイ、そしてさらに本書で取り上げるアンダソンとルイスという三人の白人作家たちの著作において、その黒人像がいかに同時代の黒人による著作、発言との接触を通して、そして彼らからの干渉を受けながら形成されていったということである。

それに加えて本書では、モリスンが『白さと想像力』で提示したヘミングウェイ文学の捉え方に対し大幅な修正を求めたい。モリスンはヘミングウェイによる「アフリカ系アメリカ人の使用」が、人種をめぐる一九世紀の「社会不安」あるいは「イデオロギー的課題」に直面していたポーのような作家と比べると「はるかに素朴で無自覚的」であったと考えている（69-70）。しかしながら、本書で行った草稿研究が明らかにするのは、ヘミングウェイが作中に黒人を登場させる際に何度も書き直し修正を加えているということであり、彼が黒人をどう扱うかについて逡巡を繰り返していたことをうかがわせる。

さらに同時代のフランスで登場した黒人作家にいち早く注目し紹介したヘミングウェイの書評は、白人を批判的に観察する黒人の視線を彼が意識せざるを得なかったことを示している。モリスンは、ヘミングウェイの文学において「見つめる力（power of looking）」は白人に割り当てられており、黒人は一方的に観察され意味づけられる立場に立たされていると論じている（73）。だが彼女の主張とは裏腹に、ヘミングウェイの書評そして作品群は、白人の行為を見つめ意味づける黒人の存在を彼が無視できなかったことを示唆する。

同様のことは、自分が創作した黒人像をトゥーマーに読まれ論評されたことに驚き、『暗い笑い』で黒人に観察され作中「暗い笑い」と呼ばれる哄笑を浴びせられる白人を描き出したアンダソンについても言える。またウィンダム・ルイスが『白い輩』において、『暗い笑い』で見えない地点から白人に嘲笑を浴びせる黒人の表象は、今日の白人たちが抱える不安の表現だと論じているのも、彼が白人を観察する黒人そして有色人種の存在を意識せざるを得なかったことを示している。そして彼の説明は、白人以外の人々の視線に白人が晒されているという意識が、ルイスやアンダソンといった個人に限定されたものではなく、同時代の白人たちに広く共有されていた可能性を示唆する。

ヘミングウェイをはじめとする戦間期のこれら白人作家たちの事例は、モリスンの著作とその後のホワイトネス・スタディーズで広く共有されている考えに対し、疑問を投げかける。ホワイトネス・スタディーズでは一般に、白人ならざる存在が特殊なものとして可視化され特定化されるのに対し白人性は不問に処されるため不可視（invisible）で無標（unmarked）の状態に留まる、という考えが強調されており、またそうした考えが前提とされることが多い。例外的にサリー・ロビンソンの『有標の男たち――危機に瀕する白人の男らしさ』（*Marked Men: White Masculinity in Crisis*, 2000）では、一九六〇年代以降のマイノリティたちの自己主張の高まりにより白人男性たちは「可視的（visible）」そして「有標の（marked）」集団として捉えられるようになったと主張されているが、それでも彼女の主張は暗黙のうちに、六〇年代以前には白人性はやはり不可視で無標であったと想定している。しかしながら本書で扱うアンダソン、ヘミングウェイ、そしてルイスの著作は、戦後のマイノリティの活躍に先立つ一九二〇年代のアメリカおよびイギリスに、白人の立場そして白人であることの意味を問われ意識せざるを得なかった白人たちがいたことを明らかにしており、さらには彼らの経験と反応が、今日では忘れられ顧みられなくなった白人の集合的な歴史の一部である可能性すら推測させるものとなっている。もしその推測が事実であるとするなら、本書は埋もれた歴史の一隅に光を当てるものであり、さらなる歴史の掘り起しに可能性を開く契機にもなり得るだろう。

本書の各章の概略を以下に記すと、第一章ではアンダソンの『ワインズバーグ・オハイオ』とトゥーマーの『砂糖きび』、そして『暗い笑い』という三つのテクストの関係を二人の作家の間の対話として読み解く。トゥーマーはアンダソンの『ワインズバーグ・オハイオ』（*Winesburg, Ohio*, 1919）における社会的少数者の扱いに対抗するかたちで『砂糖きび』を創作し、一方『砂糖きび』を読んだアンダソンは、その著作が突きつける暴力と差別から目を背けて『暗い笑い』でただ歌い笑う黒人たちを描こうとするものの、彼が排除しようとする禍々しい差別の記憶はテクストに侵入する。

二章ではアンダソンを攻撃するウィンダム・ルイスの文学評論『白い輩』に注目し、両者の対立的立場にも関わらず二人が同様の人種的不安を共有していることを、ルイスと彼が『白い輩』で言及するデュボイスの関係と、そしてアンダソンとトゥーマーの関係との比較検討を通して明らかにしたい。そして『白い輩』という著作そのものが、ルイスの批判的意図にも関わらず、白人が黒人によって嘲笑われるという『暗い笑い』の物語を強迫的に反復していることを浮き彫りにする。

三章では『暗い笑い』をそのパロディ小説『春の奔流』で攻撃したヘミングウェイが、それによってアンダソンが属していた多文化的な理想を掲げる陣営から距離を取り、『春の奔流』への熱い共感を表明したウィンダム・ルイスが標榜する、人種間の分離主義的な立場にむしろ接近したことをまず検証する。だが『暗い笑い』の白人を見つめ嘲笑する黒人たちと自信を挫かれる白人のイメージは、『春の奔流』につきまとい、そのテクストを攪乱する。

四章では『春の奔流』に続いて書かれた未完の小説草稿に目を向け、創作過程でヘミングウェイがアフリカ系アメリカ人を描こうとする際に示す逡巡とアンビバレンスを検証する。そしてアフリカ系アメリカ人に存在感ある言葉を語らせようとする彼の持続的な努力と、繰り返されるその企ての断念が、一因としては、フランスの黒人作家ルネ・マランの言動を念頭に置いたものであることを示したい。

五章では『武器よさらば』(*A Farewell to Arms,* 1929)に焦点を当て、何事にも動じない自己抑制を示す主人公フレデリックが、戦争によるトラウマを隠して執筆を行っていたヘミングウェイにとって、白人男性に期待されるイメージを過剰なかたちで見せつける存在であったこと、そしてその極端な自己抑制によってその歪さを露わにしていることを論じる。さらにその期待された白人像のグロテスクなまでの誇張が人種的ステレオタイプの屈折した模倣であり、彼の初期の詩で言及されている黒人パフォーマーからの影響、すなわちミンストレル・ショーで演じられる黒人を真似て顔を黒く塗ったバート・ウィリアムズの影響を受けた可能性を探る。

そして六章では、トニ・モリスンが『白さと想像力』で示唆しながら、モリスン本人にもまた白人男性の著作の権力性を強調するモリスンの後継者によってもほとんど究明されていない、白人による黒人像が持ち得る転覆的で反逆的な力について検討したい。ヘミングウェイの文学が体現していると従来見なされてきた、自己抑制という男らしさの規範に異議を唱え疑問を呈する声の発信源として、アフリカ系アメリカ人の作中人物たちがテクストを揺るがしていることを、短編「殺し屋」(“The Killers,” 1927)と『持つと持たぬと』(*To Have and Have Not,* 1937)を中心に分析する。

以上が本書についての構成である。なお、白人と黒人という人種に関わる問題を扱うため、人種という概念についての本書の立場を明らかにしておきたい。マイケル・オミとハワード・

ウィナントがその著書で定義しているように(55)、「人種は、人間の身体の異なるタイプに言及することによって、社会的な軋轢と利害を表し象徴する概念である」と考える。デュボイスは白人に対して黒人および非白人を区分けする「カラー・ライン」に言及し、前世紀の始めに「二十世紀の問題はカラー・ラインの問題である」と述べたが、それから百年がたち新たな世紀に入った今日でも、この有名な言葉は残念ながら過ぎ去った過去のものとはなっていない。むしろこの問題がいまだに解決されず依然として係争中の、いかに現代的な課題であるかということを、ブラック・ライブズ・マターのような抗議運動や、ドナルド・トランプ大統領の登場に見られるアメリカ社会の分断は示している。あるいは日本を含む世界の国々に未だに根強く残っている白人偏重や羨望あるいは西欧中心主義を考えてみても、デュボイスの問題提起は今日でもなお切実なままと言わざるをえない。本書は広大で複雑に入り組んだこの問題に、複数の作家たちの関わりを検討することによって取り組み、理解を深めようとする企てである。

註

(1) アンダソン、ヘミングウェイ、ルイス、そしてトゥーマーやハーレム・ルネッサンスの作家たちが著作の中で用いている言葉と齟齬をきたさないようにするため、本書では「黒人」という呼称を原則的に使い、国籍を明示する必要がある場合には「アフリカ系アメリカ人」という呼称を用いる。

(2) これらの先駆的著作に続く研究としては、まずジェイムズ・スメサーストの『アフリカ系アメリカ人に由来する、モダニズムの起源』（*African-American Roots of Modernism*, 2011）が挙げられる。南北戦争後の再建時代からハーレム・ルネッサンスに至る歴史の流れを論じるこの著作では最後に、ガートルード・スタイン作のアフリカ系アメリカ人を主人公とするフィクション「メランクサ」に対して先行するアフリカ系アメリカ人の著作がいかに影響を与えたかが論じられる。そしてさらにアメリカのモダニズム全般にアフリカ系アメリカ人の著作が影響を与えた可能性が語られている。またジェイ・ワトソンとジェイムズ・トーマス編集の論文集『フォークナーとアメリカの黒人文学』（*Faulkner and Black Literature in Americas*, 2016）はフォークナーの著作とアメリカにおける黒人文学との関わりに焦点を当てており、『白人と黒人のハーレム・ルネッサンス』の著者であるハチンソンはその論文集に、黒人のモダニズムの系譜とフォークナーとの相関関係についての論文を寄稿している。一方、三宅美千代は戦間期ロンドンにおける黒人著作家・芸術家たちの国籍や人種を越えたネットワークを探る論考において、黒人の立場から発信を行う表現者たちと白人の著作家たちとの交流を浮き彫りにしている。

（3）また『ヘミングウェイと人種を教える』（*Teaching Hemingway and Race*, 2018）に収録された論考でキャンディス・パイプスはヘミングウェイとハーレム・ルネッサンスの作家たちとの比較を行っているが、なされているのはテーマ上の共通性と差異の指摘であって、両者の相互交渉についてはやはり論じられていない。

第一章　アンダソンとトゥーマー――視線の暴力をめぐる、テクスト間の対話

一．はじめに

本章は、シャーウッド・アンダソンの『ワインズバーグ・オハイオ』（*Winesburg, Ohio*,1919）とジーン・トゥーマーの『砂糖きび』（*Cane*, 1923）、そして『砂糖きび』を読んだ後アンダソンが書いた『暗い笑い』（*Dark Laughter*, 1925）、という三つのテクストの関係を、二人の相互交渉の一環として読み解く試みである。

『暗い笑い』に対しては単純な黒人礼賛の物語として失敗作の烙印が押され、小説そのものがさほど真剣には分析されてこなかった。一方『ワインズバーグ・オハイオ』（以下は、『ワインズバーグ』と記す）と『砂糖きび』の二つの関係は批評家によってしばしば言及されてきた。トゥーマー本人が、『ワインズバーグ』が彼の作家としての「成長の素（elements of my growing）」の一つになったとアンダソンに書き送っていることがその大きな理由だろう（*Letters* 101-102）。しかしな

がらその研究の多くは主題と形式の共通性についての一般論であり、両者のテクストを静態的な図式で比較することに終始してきた。具体的には、産業化による伝統的文化の衰退や性のタブー視への反逆といった主題、あるいは「ショート・ストーリー・サイクル」と呼ばれる短編小説群の緩やかな結合といった形式上の共通性についての考察である。[1]

二人の作家についてのこうした一般論的な比較とは一線を画するのがマーク・ウェイレンの研究である。彼は、共にアメリカの民衆文化を重視する二人が当時の民族誌学に感化されたと指摘する。その影響もあってアンダソンは、特権的な観察者の視点からアメリカ南部の黒人たちを一方的な観察と記述の対象としており（Whalen 136-139）、またそうした一方的な視線のあり方は『暗い笑い』にも表れているという（100-114）。対照的にトゥーマーは、民族誌学に現れている特権的な視線のあり方には批判的で、アウトサイダーである観察者が南部の黒人を理解するのがいかに困難かということ、そして観察者もまた南部の黒人同様に暴力的な人種差別の歴史に巻き込まれていることを『砂糖きび』で示したと論じる（141-147）。

本章で行う議論は、『暗い笑い』に黒人への一方的な視線を読み取り、またアンダソンの作品に見られる一方的な視線の在り方へのトゥーマー文学の批判性を強調するこのウェイレンの考察の延長上にある。しかしながらウェイレンが『暗い笑い』を、アンダソンがトゥーマーの『砂糖きび』を読んでもその黒人観に何ら変化がなかったことの証左として捉えていることには強く異を唱えたい。ウェイレンは、アンダソンがトゥーマーの文学から何ら感化を受けず二人の文学の間に対話はなかったと見なし、「アフリカ系アメリカ人が様々な白人のモダニズムにとって、何らそうした対話が起こることなしに象徴的そして空想的に中心となり得る、そしておそらくはそうした対話が起こらなかったからこそ中心となり得る、ということをアンダソンは例証している」と主張している（100）

それに対し本稿では、トゥーマーの『砂糖きび』を読んでもなお変わることのなかったアンダソンの黒人への無理解、というウェイレンを含めた従来の批評家たちの一般的な見方とは異なり、『ワインズバーグ・オハイオ』へのトゥーマーの応答として『砂糖きび』が書かれ、さらにその『砂糖きび』へのアンダソンの応答が『暗い笑い』であったと考える。その上で、『砂糖きび』がいかにアンダソンの黒人認識を根底から揺るがすものだったかを明らかにし、その認識の揺れと衝撃が『暗い笑い』に刻印されているさまを浮き彫りにしたい。そしてウェイレンが指摘する『暗い笑い』の南部黒人への一方的な視線が、『砂糖きび』で提示される人種差別の禍々しさから目を背けようとする懸命の努力の現れであること、そして『暗い笑い』が他方で白人を見つめる黒人の眼差しを強く意識した物語であり、『砂糖きび』と同様に特権的な観察者の視点に立つことの困難さ、あるいはその不可能性を最終的には露わにしていることを検証する。

二．「奇妙」な人物を監視する目――『ワインズバーグ・オハイオ』と『砂糖きび』

まず初めに『ワインズバーグ・オハイオ』と『砂糖きび』の関係について検討するが、その考察にあたって第一に主張したいのは、『砂糖きび』の中心的な視点人物たちをトゥーマーは、『ワインズバーグ』で提示される風変わりな作中人物を下敷きにして作り出したに違いない、ということである。短編群の緩やかな結合体である『ワインズバーグ』では田舎町の共同体から疎外され、孤独な生活を送る一風変わった人物たちが列挙されており、『ワインズバーグ』の冒頭を飾る「グロテスクの書」にちなんで、批評家たちはそうした作中人物たちを「グロテスク」な者たちと呼び習わしてきた。そうしたグロテスクな者たちの一人エルマー・カウリーは、自分が周囲から「奇妙」と思われているにちがいないと感じており、周囲の人々から自分に注がれる好奇の目を絶えず感じずにはいられない。この周囲の視線に苦しめられるエルマーを一つのモデルとして、『砂糖きび』において特に重要な位置を占める二人の視点人物、短編「ボーナとポール」（“Bona and Paul”）の主人公と終章を飾る「キャブニス」（“Kabnis”）の主人公は作り出されたと考えられる。

というのも、『ワインズバーグ』のエルマーは繰り返し自分が「奇妙」と思われていると作中で口にしているのに対し、『砂糖きび』のポールとキャブニスも、周囲から度々「奇妙な

(queer)」な男と呼ばれているからである。『ワインズバーグ』でエルマーを主人公とする短編の題名自体が「奇妙」("Queer")と名付けられていることを考慮すると、トゥーマーがポールとキャブニスという人物を作り上げる際に、このアンダソンの短編を意識していなかったとは考え難い。

そして何より両作家が描く「奇妙」と見なされる主人公たちは、自分に注がれる他人の目を絶えず敏感に感じ取り、自分を一方的に規定しようとする抑圧的な力としてその視線を意識する点で共通している。アンダソンの短編では主人公エルマー・カウリーは、自分と父は町の皆から笑い者にされていると思い込んでいる。そして彼は店の客に一人に向かって、「俺たちは、奇妙と思われて皆からじろじろ見られたり、耳をそばだてられたりするのにはもううんざりだ」と叫ぶ(*Winesburg* 107)。一方トゥーマーの短編の主人公ポールは、シカゴの教員養成学校に通いながら周囲には自分にアフリカ系アメリカ人の血が流れている事実は伏せているが、その血統について疑惑と好奇の目で自分が見られているのを始終感じている。そして物語の山場となるナイトクラブの場面では、知り合いの白人の男女とともに店に入った瞬間、肌の色を見て彼の血統を詮索しようとする周囲の客たちの視線が自分に突き刺さるのを感じる。

突然彼は、人々が彼の浅黒い肌の魅力ではなく、差異を見ているのだと分かった。彼らの凝視は、彼自身に彼を与え、彼の内部を何か長い空虚なもので満たし、そして彼の意識の中に

生え始めた緑の葉身（green blades）のようだった（*Cane* 76-77）

ポールを好奇と不審の目で見る人々の視線は、「葉」と「刃」という二重の意味を持つ“blades”という単語を使った比喩に現れているように、無数の刃となって彼に痛みを与え、その身体を突き通す。

トゥーマーが描くもう一人の主人公キャブニスの場合には、周囲からの視線に晒されることは一層暴力的な意味合いを帯びる。アフリカ系の血統を持ち、また北部から来た異邦人として南部の小さな町で暮らし始めたキャブニスは、地域の共同体から好奇と不審の目で見られており、黒人に求められる規範を踏み外してリンチされる可能性に怯える。「北部の黒んぼ、お前はもう出ていくときだ」と書いた紙に包まれた石を家の中に投げ込まれてキャブニスは平静を失い、「奴らの目が砂糖きび畑から光っている」のを目撃したように感じてパニック状態に陥る（93）。脅迫状は彼を目障りに思う黒人の仕業で、言葉だけの脅しだと黒人の知人に言われても、彼は安堵することはできない。町の黒人と白人の双方の監視の目を脅迫として意識するキャブニスは、「彼らの目つきは言葉だ（their looks are words）」と漏らす（111）。

このように二つのテクストを比較検討してみると、トゥーマーは『ワインズバーグ』の短編群で列挙される「グロテスク」な者たちの中でも特に町の人々の視線を圧迫と感じるエルマー・カウリーを下敷きにして、アンダソンのテクストよりもはるかに深刻なかたちで、血統とその肌の色ゆえに周囲の視線に苦しめられなければならない彼の主人公たちを創造したと言えるだろう。

ここでトゥーマーが問題にしている視線とは、ウェイレンが言うような民族誌学的な観察者の視点というよりはむしろ、地域社会内部の住民たちの集合的な視線である。それは南部のスモールタウンで暮らす白人と黒人の双方、そしてさらには北部の大都市の白人たちにも共通する視線であり、個人を「白人」か否かという二項対立的なカテゴリーで分類し、非白人には定められた規範を逸脱しないように監視の目を光らせる脅迫的な視線とも言える。

アンダソンの短編「奇妙」の主人公も、トゥーマーが描く「奇妙」と呼ばれる主人公たちも共に共同体の視線に晒され、一方的に観察されることに反発するが、大きな違いはアンダソンの短編ではその主人公の反発が真剣には扱われず、反発それ自体が「奇妙」な振る舞いとして戯画化されている点である。短編「奇妙」のエルマーは、じろじろ見られるのはうんざりだと客の一人に向かって唐突に叫ぶだけでなく、町の人々を代表する存在と彼が考える『ワインズバーグ・オハイオ』全体の視点人物ジョージ・ウィラードのもとを訪れて、自分が「奇妙」ではないのを説明しようとする。だが説明が上手くできないと苛立ち、結局ジョージを殴り倒して気絶させ、「俺が奇妙でないのを奴に示してやったと思う」と言い放つ（*Winesburg* 112）。一方、共同体から向けられる視線に対するトゥーマーの主人公たちの反発は、戯画化からはほど遠く、極めて切実な反応として示されている。

ポールとキャブニスは『砂糖きび』の登場人物たちの中でも、トゥーマー自身の伝記的な経歴に最も近い境遇の人物たちであり、トゥーマーは『砂糖きび』執筆中に書いた手紙の中で「キャブニスは私だ」と宣言している（*Letters* 116）。この発言を信じるとすれば、トゥーマーは周囲から「奇妙」と見なされて視線に晒される者の位置、『ワインズバーグ』で提示される奇妙な人物たちと共通する立場に立って創作を行い、その立場から逆に、「奇妙」な者を見つめる周囲の人物たちの視線の在り方そのものを批判的に提示したのだと考えられる。

このような『砂糖きび』の『ワインズバーグ』に対する関係は、アンダソンのテクストの翻案あるいは書き換えであり、バーバラ・ジョンソンの言い方に倣えば、先行テクストを作者の占有から解き放ち、その作者の権威あるいは権威の根拠を切り崩す「簒奪」とすら言えるように思う（Johnson 118; 邦訳二一八頁）。というのも「奇妙」と見なされる者の立場から、その者を見つめる周囲の集団の視線を批判しようとしたトゥーマーの文学的企ては、彼が下敷きにしたアンダソンの物語、特にその語り方そのものへの挑戦、あるいは異議申し立てという面を持っていたと考えられるからである。そのことを示唆するのが、『砂糖きび』執筆中にトゥーマーがアンダソンの文学を揶揄して書いた手紙である。原稿修正の助言を受けていたウォルド・フランクにトゥーマーは次のように書き送っている。

> 彼は読んでいて心地良い、それは確かです。心地良く、中年です。彼の甘美な語りの才能は、荷車を引く犬のように揺れ動き、中西部の道端の埃と花を嗅ぎ回るのです。その足は石やそ

の下にある隆起を敏感に感じます。その目は孤立した農家が通過するのを記録します。その心は塗装されていない羽目板と閉ざされたドアの悲劇を一瞥します。しかしその鼻は道の埃と花から決して離れず、その心臓は、道を軽やかに進みながら、規則正しく脈打つのです。

（*Letters* 85）

このトゥーマーのアンダソンの文学への揶揄の言葉は、注目すべきことに、『ワインズバーグ』で列挙される奇矯な人物たちの一人セス・リッチモンドが、新聞記者である視点人物について述べる次の言葉と完全に重なり合う。「興奮した犬のように、ジョージ・ウィラードはあちこちを走り回り、紙の束にノートを取り……一日中その束にちょっとした事実を書き記していた」（72）。つまりトゥーマーは『ワインズバーグ』で列挙される「グロテスク」な者たちの立場に立って、手紙の中で表明されているように、アンダソンの物語の語り方を問題視したわけである。そしてその語りへの批判は、手紙の中の「記録」する「目」、悲劇を「一瞥する（glimpses）」という表現が示すように、対象を観察する視線の在り方への批判というかたちを取っている。

トゥーマーのアンダソンへの批判の第一点は、故郷である中西部のスモールタウンについて語るアンダソンが結局共同体の中に安住し、共同体に対する批判的な視座を欠いているということであろう。手紙の中の「心地良い」「甘美な語り」という皮肉めいた表現、そして何も考えずにただ嗅ぎ回る「犬」という辛辣な比喩は、そうした批判的視座の欠落に対する揶揄として読める。

スモールタウンの生活を活写するアンダソンは実際、トゥーマーとは違って共同体の異分子を観察し監視する集団の抑圧的な視線を問題視してはいない。彼は共同体に受け入れられた一員つまりインサイダーの立場から、共同体から疎外された「グロテスク」な人物たちを観察している。そうした人物たちを語り手は共感を込めて描きつつも自らとは一線を画している。典型的な例を挙げると、語り手は「グロテスク」な者たちの一人を紹介する際、「もしあなたが人生の初期にワインズバーグ・オハイオの村の一員だったなら」、醜く「グロテスク」で「怪物」のような猿を動物園で見て「ウォッシュ・ウィリアムズみたいだ」と言ったはずだ、と説明している(64)。「グロテスク」な者たちはあくまで、インサイダーの視点から観察され、記述され、差異化される対象にとどまるのである。

トゥーマーの批判の第二点は、アンダソンの語り手は記述の対象との人間関係の中に巻き込まれておらず、超然たる傍観者の立場から対象を観察しているということである。アンダソンの語りを揶揄する手紙の中の「その目は孤立した農家が通り過ぎるのを記録します」という言葉はそうした批判を端的に示している。共同体から疎外され「閉ざされたドア」の背後でじっと耐える人物たちを、その記録者は「心臓は規則正しく脈打つ」とトゥーマーが言っているように、心をかき乱されることも動揺することもなく、平然と通り過ぎていく。

このトゥーマーの指摘は、『ワインズバーグ』が視点人物ジョージ・ウィーラードの眼を通して風変りな人物たちを愛すべき存在として描き出しつつも、彼らが抱えている苦しみや内面の闇には深入りや時間をかけた考慮を行うことはせずに、あくまで簡略なスケッチで構成される群像を提示していることに由来するものと思われる。『ワインズバーグ』の語り手はジョージが目にする風変わりな人物たちの、密かな悩みや隠された辛い過去を次々明らかにし列挙していくが、トゥーマーが言うようにその語りはまさに「一瞥」であり、語られる悲劇に拘泥することなく足早に次の人物の紹介に移っていく。典型的なのは、町の人の目を避けて隠者のように暮らす男性について語る冒頭の短編「手」（"Hands"）である。この短編では、男性がかつて別の町で教師をしていたときに男子生徒たちを撫でまわして親たちから同性愛者だと思われ、リンチを受けて殺されそうになったことがあるという事実が、「手の物語を少し見てみよう（Let us look briefly into the story of the hands）」という言葉とともに明かされる（11）。

町の住人たちから集団リンチによって殺される恐怖はアフリカ系アメリカ人、特に南部社会に身を置くアフリカ系アメリカ人が日常生活で切実に感じていたはずの恐怖とも通じ合うものであり、こうした恐怖におののき続ける男性をアンダソンもさすがに短編「奇妙」のエルマーのように戯画化してはいない。それでもこの男性が抱える恐怖についての立ち入った考察や男性と視点人物ジョージとの濃密な接触は物語では慎重に避けられている。ジョージは男性の手に何か隠された秘密があると感じながらも深入りは避け、「彼に手については尋ねるまい」と心に決める。そして「何か問題があるが、それが何なのか知りたくない」と内心考えるのである。一方ジョージに代わって男性の秘密を一瞥する物語の語り手は、男性の手についての「我々の語り（our talking of them）が、隠された不思議な物語について将来語るはずの詩人を刺激するだろう」と説明し、秘密を可視化しながらも提示される事実からは美的距離を保とうとする姿勢を明らかにする（11）。

アンダソンの『ワインズバーグ』を語りにおける視線の在り方という点から批判するトゥーマーは、彼自身が創作した『砂糖きび』においては、アンダソンとは対照的なかたちで視点人物を設定している。キャブニスもまた第一部に何度か登場する一人称の語り手も共に、南部の黒人共同体の中で一時的に暮らす北部出身者であり、地域の共同体の中ではアウトサイダーとならざるを得ない。しかしそれにもかかわらず周囲の人間たちとの濃密な関係の中に巻き込まれており、そこで暮らす黒人たちの苦しみやあえぎに接して心を動かされずに平静を保つことはできない。しかも皮肉なことには、そうした苦しみに心を揺り動かされたからといって、彼らの生活を十分理解したことにはならないのである。

『ワインズバーグ』とは対照をなす『砂糖きび』の観察者と対象との複雑な関わりは、最終章「キャブニス」の最後で一時的に視点人物となる、北部出身の黒人ルイスと地元の黒人たちとの関係によく表れている。キャブニスと同様に地元の黒人たちから「奇妙」な男と呼ばれているルイスは、その土地のタブーとなっているリンチ事件を調べるためにやってきた記者とおぼしき人物であり、キャブニスと同じように住人たちから不信の目を向けられ監視の対象となっている。このルイスのことを地元の黒人たちが噂して言う「探り回っては何かノートに書き留めている

(Pokin round an notin somethin)」という言葉は(*Cane* 91)、『ワインズバーグ』の視点人物ジョージを「犬」に喩えていた前述の「グロテスク」な者たちの一人セスの言葉を思い起こさせるが、実際『ワインズバーグ』で「グロテスク」な者たちがジョージに対して試みたのと同じことを、何人かの黒人たちはルイスに行おうとする。普段は他人に語らない自分たちの苦しみをルイスに説明しようとするのだ。黒人が営む店の地下室で乱交めいた行為に耽るために密かに集まってきた、「グロテスクな動く影」(113)と形容される男女のうち一人の女性は、彼女の母親を白人が父から奪い取り、父は絶望して死んだことを語り、また店の主は黒人であるがゆえに白人たちから「子供」のように扱われる憤懣をぶちまける(110)。つまり「グロテスク」な人々と彼らを好奇の目で見る共同体の人々を対極に置いていた『ワインズバーグ』とは異なり、『砂糖きび』では人種差別によって歪められた共同体の成員自身の「グロテスク」な姿の一端が示される。そして観察者は対象との関係の中に巻き込まれ心を乱されながらも、対象を十分には理解できない。ルサンチマンに満ちた告白を次々に聞かされ、南部の黒人たちの苦しみの一端を垣間見たルイスは、「彼らの痛みはあまりにも強烈すぎる。彼には耐えられない」と感じて、結局途中でその場から逃げ出してしまうのである(112)。

トゥーマーは、このように視点人物の設定という面で『ワインズバーグ』を批判的に書き換えていると言えるが、さらに広く語りの形式という面でも、アンダソンの語りに対抗するような語りの在り方を提示しているように思える。それはアンダソンを批判している彼の手紙の表現を用いるなら、「閉ざされたドアの悲劇」に向けられる「一瞥」すなわち隠された秘密の可視化を拒む語りであり、冷静に他人の悲劇をただ記録する傍観者の語りとは対照的な、観察者を巻き込む語りである。そのことを次に見ていきたい。

三．不透明で観察者を巻き込む『砂糖きび』の語り

ヘンリー・ルイス・ゲイツ・ジュニアは『砂糖きび』を評して、現実とその表象との間に想定される一対一の対応関係を妨害し、その表象の曖昧さゆえに多様な解釈を生み出してきた「不可視性（invisibility）」あるいは「目に見える闇（darkness visible）」を表すテクストと呼んでいる（Gates 200-15）。実際、不可解な人物たちの隠された過去や他人に打ち明けられない心の悩みを明らかにする『ワインズバーグ』の語りとは対照的に、「カリンサ」（"Karintha"）や「ベッキー」（"Becky"）、「カーマ」（"Carma"）、「ファーン」（"Fern"）、「アヴェイ」（"Avey"）といった『砂糖きび』の多くの短編では、主人公の女性たちが閉塞的な境遇に置かれているのは分かるものの、彼女たちが何を考えているのかはまったくの謎にとどまる。またスクラッグスとヴァンデマールは、『砂糖きび』の語り手がテクストの中で与えられた手がかりを基に謎を究明する「探偵」の役割を負いながらも、「見たものの意味を十分に理解できない」、恐怖に満ちた謎の「目撃者」とならざるを得ないと論じている（Scruggs and VanDemarr 135-58）。テクストにおける不明瞭なほのめかしの言葉によっ

て断片的なかたちで暗示されるのは、南部の白人による黒人女性の性的搾取や、タブーを犯してできた混血の赤ん坊の、母による殺害などだが、その全貌は決して明かされることはない。

そしてトゥーマーがアンダソンを揶揄する手紙で批判していた、数々の悲劇を「記録」しながらも心をまったく乱されることのない超然たる観察者による語りとは正反対に、『砂糖きび』の語り手は目にする出来事の中に巻き込まれ、当惑させられ、動揺を経験させられる。第一部に何度か登場する一人称の語り手は、彼自身が共同体の監視の下にある状況で、何人かの女性たちの苦境に遭遇する。短編「ファーン」では語り手は物語の中心人物である女性ファーンとの交際を図るが、彼女を抱擁しようとしたとき突然彼女は錯乱状態に陥り、神への呼びかけと途切れ声の歌を歌いながら失神する。この事件の後、彼女を守ろうとする町の男たちから語り手は不信の目を向けられ、「見張り（watch-out）」を続けられて、彼女のためには何もできないまま結局北部へと戻っていくのである（*Cane* 19）。また「ファーン」のように語り手が語られる対象の人物と直接的な関わりを持っていない別の短編においても、ネイサン・グラントが指摘するように、「語り手」は「傍観者」でしかいられない「無力さ」を痛感させられる（Grant 35-40）。

異人種混交のタブーを破って町の共同体から排除された白人女性に焦点を当てた短編「ベッキー」においても、一人称の語り手は女性の悲惨な状況を目にしながら何もできない、傍観者の無力さを味わう。冒頭のスケッチ風の作品「カリンサ」と詩の後に続く、実質的に最初の短編であるこの物語では、この傍観者の無力さが個人を超えて集団全体に共有される性格のものであることが強調されている。彼女を追放した白人の共同体と、追放された彼女を受け入れることができない黒人の共同体の双方の集団である。黒人の息子を生んでその父親が誰なのか決して明かさなかったベッキーは、白人と黒人の両方から「気が狂った」女と呼ばれ集団から排除されるが、見かねた一部の白人と黒人たちの手で空き地に建ててもらった小屋に住み続ける。町の住人たちにとって彼女は目障りな存在であり、その小屋を通り過ぎる者は皆、目を背ける。家から外に出た姿を誰にも目撃されたことがない彼女は、その生死すら判然としないものの、ある日、教会帰りの会衆とともに語り手が彼女の家の前をちょうど通りかかったとき、小屋は突然崩れ落ち、彼女を下敷きにする。そして会衆の中にいた説教師が不明瞭なつぶやきとともに瓦礫の山の上に聖書を投げ捨てると、皆はそのままその場から逃げ去っていくのだ。この逸話では中立的な観察者の立場はありえず、彼女に対して何もせずにただ傍観していることは、異人種混交をタブーとする社会の掟への暗黙の服従と加担を意味する。

彼女の小屋は線路と道路にはさまれた「目の形をした一角(eye-shaped piece)」に建てられていると書かれており、このことは、彼女の家が一方的に観察され記述される対象というよりもむしろ、家そのものがいわば一つの大きな目となって観察者を見つめ返し、その観察者の側を対象化するものとなっていることを示唆している(*Cane* 7)。この彼女の家に対しては、ラカンの精神分析理論で用いられる「眼差し」という用語を適用することが可能であるように思える。ラカンは眼差しが「主体に訴えかけるもの」であることを強調しながら(ラカン 九三)、それ自体としては捉えどころがない対象であり、「去勢不安という構成的欠如」としてのみ我々の前に現れてくると説明している（ラカン　九六）。コプチェクはこのラカンが言う「眼差し」を解説して、それが「何かが表象から欠けているように見える地点」であって「記号内容の不在（the absence of a signified）」を印づけると述べているが（Copjec 34）、「ベッキー」における彼女の家も、それを見る者たちの無力さとともに、物語で語り得ぬ空白を浮かび上がらせる場として機能している。

ずっと家の中にいて生死の分からないベッキーに関して語り手は「もし死んでいたら亡霊になっているかもしれない」と考えるが、第三部の「キャブニス」でも物語の舞台となっている南部はさらに、人種差別の無数の犠牲者たちの亡霊から生者に向けられる眼差しが感じ取れる場として提示されている。リンチが横行する南部の地では「沈黙の中で動く多くの死者がいるに違いない」と考えるキャブニスは、夜に家の外で何かの気配を感じて、「そいつは俺をよく見ることができるし、俺にはそいつが見えない（it can get a good look at me and I cant see it）」と思う（*Cane* 86）。それらの死者たちの一人の話としてキャブニスは、腹を切られて生きた胎児をひきずり出され、その胎児とともに白人に殺された黒人妊婦のリンチ事件を耳にするが、実話に基づくというこの衝撃的な逸話は（Foley 181-98）、語られることなく闇に葬られていった無数の出来事の一つに過ぎない。黒人の一人が遠慮がちにごく短い言葉で打ち明けるこの話は、語られたそれらの言葉が氷山の一角でしかないことを示すものであり、「ベッキー」のようにその背後の語られない空白、そしてまったく語られることのない他の無数の事件という空白を浮かび上がらせる。キャブニスにはその空白は「見えない」が、その空白の存在は、まさに亡霊のように感知されるのだ。

この亡霊のごとき空白は、決して姿を見せないベッキーのように、対象を可視化し言葉で捉えようとする企てに抵抗すると同時に、完全に無視することも忘れ去ることもできないものであって、その存在あるいは不在を強く訴えかけてくる。『砂糖きび』の最後に置かれた「キャブニス」の結末は、このような語られぬ物語の空白を強調することで締めくくられている。キャブニスが働き始めた店の地下には、ほとんど人目につかずにただ生きながらえている、元奴隷の老人がいることが最後に明かされるが、この老人は普段言葉をまったく発しない。その老人が結末では切れ切れで不明瞭な神託のような言葉を発し始め、「お前はもう死んでいるんだ」というキャブニスの罵声に制止されることもなく、「罪」というつぶやきを繰り返す。そしてやがて「凝り固まった罪［……］（Th sin whats fixed ［……］）」と言いよどみながらも、「［……］白人にくっついている（［……］upon th white folks）」と言葉をつなぐ。そして「ああ、白人が聖書に嘘をつかせたときに犯した罪」と言い終えると、完全に口をつぐんでしまう（*Cane* 116-17）。こうして最後に、語り尽くされず未だに終わってもいない奴隷制の罪という、歴史における巨大な闇の存在が指し示され、その謎は解明されず空白は言葉で埋められないまま物語は閉じられる。

この『砂糖きび』を一気に読み通したアンダソンはすぐさまトゥーマーに対して、彼が「亡霊のような空虚さ」を探求する「地獄めいた」文学を開拓していると書き送っている。この言葉は、アンダソンが『砂糖きび』で言及される亡霊たちと、その不可視の存在が指し示す語られぬ空白に対して強く反応したことを表している。このアンダソンの反応の延長上に『暗い笑い』の創作があることを次に検証していきたい。

四．応答としての『暗い笑い』——黒人の絵画的描写と、見えない闇からの叫び

出版されて間もない『砂糖きび』をクリスマスに手に入れて、一月初めに一息に読んだというアンダソンはその価値をいち早く認め（*Selected Letters* 52）、一九二四年一月十八日付のトゥーマー宛ての手紙で次のように書いている。

あなたの問題は地獄めいたものとなるはずです。その地獄めいたものは、私たちの時代のいかなる芸術家にも必ず到来するでしょうが、あなたは私たちの誰よりもそれを開拓していると思います。神を否定する、亡霊のような空虚さです（The ungodly ghastly emptiness）。白人たちは十一歳か十二歳くらいでしかなく、おそらくは白人の中の最良の者がそれくらいなのです。（*Selected Letters* 54）

アンダソンはこのように『砂糖きび』が問題として取り上げているのが「地獄めいた（hellish）」恐るべき事柄であり、その事柄が「亡霊のような空虚さ」というかたちで探究されていることを

鋭く感じ取っていた。そして『砂糖きび』についてのこうした理解は、「白人たちは十一歳か十二歳くらい」という言葉に現れているように、白人である負い目、そして彼の白人としての認識の限界を意識させるものであったということができる。

この白人の認識の限界についての意識は、黒人をその内側から理解することはできないという諦念と、彼らの外面だけを観察の対象にするのだという開き直りとも言える姿勢につながってくる。アンダソンは「亡霊のような空虚さ」について語っている箇所のすぐ前の手紙の部分で、アメリカ南部を訪れた際に白人である彼には黒人の生活に近づくことができなかったこと、それゆえ絵のように純粋な視覚的対象としてのみ捉えることができたと説明している。

黒人の生活は私の外にあり、そして私の外であり続けなければなりませんでした。だから絵を描きたかったのかも知れません。思考はより少なく、そしてそこにはより多くの感情がありました。私は褐色の男女に、非常に非人格的な肌の色への愛を通して、そしてしどけなく寝そべる肉体に表現されている線への同種の愛を通して接近することができたのです。
(*Selected Letter* 54)

そしてこのような絵画的な黒人の捉え方、色彩と線への愛を熱く語りつつ、それらが「幸福な、興奮した時間(happy, excited hours)」をもたらしてくれたと説明し、それに続けて「あなたたちの民衆は笑って道を歩いている（your people laughing and walking in the roads）」と書き添え、そしてその笑って歩く陽気な姿を、「私はそのことについて、ただ人生であなたに対して付加できる喜びとして、詳細に話すのです（I speak of it at length only as a possible additional joy to you in life）」と強調する（*Selected Letters* 54）。

見逃してはならないのは、アンダソンがこのように手紙で表明している、黒人の絵画的な捉え方と快活に笑う姿の強調が、この手紙の数か月後に書き始められた『暗い笑い』において実践に移されているということである。この小説に登場する黒人たちは、主人公ブルースが目にする風景の一部として描かれており、南部に一人旅で来たブルースは、踊り、笑い興じる黒人たちを眺め、疲弊した心を癒す。「波止場の黒人たち、町の通りの黒人たち、笑う黒人たち。ゆっくりしたダンスがいつも続いている。（Niggers on the dock, niggers in the city streets, niggers laughing. A slow dance always going on.）」（*Dark Laughter* 75）と、俯瞰的に眺められる穏やかで楽しげな黒人たちの様子が描写され、さらにその後詳細に描かれる「通りにいる黒人の少女たち、黒人の女性たち、黒人の男性たち」（77）の説明においては、視覚的な外見に注意は集中している。例えば、男たちは「走る馬のようにほっそりした脇腹をしていて、肩幅は広く、しまりなく重たげな唇が垂れ下がっている」と形容され、また女性の集団については「黒人女性たちの服の華やかな黒人らしい色は、通りを燃え上がらせていた――伸びたトウモロコシの穂のような、濃い紫、赤、黄色、緑色」と描写されている（77）。アンダソンの視線の在り方を論じるマーク・ウェイレンが適切にも指摘しているように、『暗い笑い』の表象は黒人を「絵画的なイメージ」に変容させているのである(Whalen 112)。

だが同時に『暗い笑い』における絵画的な黒人の描写は、その快活な印象とは裏腹に、黒人を視覚的な次元に押しとどめようとする強引とさえ言える努力と、その努力に伴う緊張をも露わにしている。ブルースは彼が眺める黒人の娘の一人について、次のように考える。「彼女はブルースが見ているのを知っている。それがどうしたというのか。彼は人が木々を見るように、牧草地で遊ぶ子馬たちを見るのと同じように見ているのだ」(*Laughter* 79)。「木々」と「子馬」を見るのと「同じように」黒人の娘を見る、とブルース本人は言い切っているものの、植物や動物を見るのと若い娘を見るのは決して同じではないし、ましてや自分が視線を向けているのに気づいている相手に対して視線を向け続けるのは、植物や動物を眺める場合とは比べ物にならない精神的負荷を要する。黒人を「木々」や「子馬」と同じように見る、という言葉は、彼らを自らの言葉を持たない人間ならざる存在と同等に扱う、という傲然たる宣言であり、「それがどうしたというのか」という批判に身構えるような言い方は、その宣言に必要な強い意志の表明となっている。しかもこのブルースの言葉は、しどけなく横たわる娘の肢体を家の窓から眺めながら発せられたものであり、この言葉には窃視症的な態度への羞恥の念も含まれている。

ここで振り返ってみると、アンダソンの心を強く動かした『砂糖きび』は社会のマイノリティを一方的に観察し規定する視線の問題性を浮き彫りにし、テクスト全体がそうした視線に抗うものであったというのはすでに論じた通りである。その『砂糖きび』を読んだあとに黒人をあえて一方的な観察の対象として描き出すのに、アンダソンが何の抵抗も感じなかったとは考えにくい。しかも『砂糖きび』では、黒人を観察する白人の理解の浅さと、黒人側から捉えられた白人についての見方が示されている。『砂糖きび』に収められた短編「血が燃える月」("Blood-Burning Moon")では、黒人たちは白人が観察しても理解しきれない存在であることが強調されている。そして他方では、白人は黒人によって観察され、評価を下される。一人の黒人女性をめぐり、黒人の男と競合し合うことになった南部の農園主は、自分と黒人との関係について、思いを巡らす。彼は一人歩きながら、「黒人について知らないことがあっただろうか。教会で彼らの声を聴いても何も分からなかった。彼らを見ても何も分からなかった。彼らに話しかけても、何も分からなかった――ゴシップでなければ、彼らが話したいと望むことでなければ、何も」と考える(33)。そうして歩いている最中に突然、黒人男性を恋敵とする彼のことを、別の黒人たちが噂しているのを偶然耳にする。「ストーンの若旦那は腰抜けじゃないって断言できるよ。先代の血を引いているからね。」「その通りだ。あの人は絶対に喧嘩するよ」(34)。この黒人たちのやりとりを聞いて、耳が、そして胸が焼けつくように感じた男性は、じっとしていられずに相手のもとに殴り込みに行き、返り討ちにあう。この短編でトゥーマーが強調しているのは、白人による黒人理解の限界とともに、黒人の側でも白人を観察し、言葉による意味づけを行っているのだという事実である。

この短編を含む『砂糖きび』を読み、手紙で明かされているようにアンダソンは白人である自分の黒人理解の限界を強く感じるようになったわけだが、自らの理解の限界を自覚するアンダソンが『暗い笑い』で提示する黒人表象は、彼の分裂した二つの反応を表している。一つは先ほど述べた、黒人を視覚的な観察の対象物として限定的に捉えようとする懸命な努力である。ところが逆にその一方で、『暗い笑い』では黒人は見えない地点から一方的に白人たちを見つめる存在としても提示されている。小説の後半では、南部の旅のあと故郷に戻った主人公ブルースはそこで大邸宅の庭師として雇われ、その家の妻と親密になる。そしてブルースとその家の妻アリーン、夫フレッドとの三角関係を、フレッドの屋敷の使用人である黒人たちはじっと観察し、「暗い笑い」と形容される彼らの笑いの的として見世物のように楽しむのである。ブルースとアリーンが互いを強く意識し合い、一方屋敷の主人フレッドは妻が若い白人男性を雇い入れたことを不快に感じながらも何もできずにいるのが語られるのと並行して、屋敷の黒人たちの様子は次のように説明されている。

家にいる二人の黒人女性が見つめ、待っていた。たびたび彼らはお互いに見つめ合い、くすくすと笑った。丘の上の空気は笑いで満たされた――暗い笑いだ（dark laughter）。（253）

物語ではこのあとも何度かこの観察する黒人女性たちに言及されるものの、彼らの笑い声だけが白人登場人物たちの背後で鳴り響き、その姿がはっきり現れることはない。この白人を見つめる黒人たちは、三角関係に陥った白人を観察し噂し合っているという点、そしてその姿が不明瞭で視覚的に捉えられていないという点で、『砂糖きび』の一篇「血が燃える月」で白人農園主の噂をする黒人たちと共通しており、その短編の黒人像が下敷きになっていると考えることもあるいは可能かもしれない。そしてこのアンダソンの黒人表象では、トゥーマーの「血が燃える月」と比べると、白人の側が一方的に見つめられているという印象が一層強くなっている。こうして、ブルースが南部に一人旅に出かける小説の前半と、旅のあと庭師になってその屋敷の夫婦と三角関係になる後半では、黒人たちは遠くでただ笑っているという点では同じだが、白人との見る・見られるという関係は逆転する。すなわち、遠くで笑っているのを一方的に白人に見られていたのが、遠くで笑いながら一方的に白人を見るようになるのである。この小説の前半と後半における対照的な黒人の描かれ方は、『砂糖きび』を読んで自分の黒人理解の限界を強く意識するようになったアンダソンの、分裂した二つの反応の表れと見なすことができる。

さらに『砂糖きび』がアンダソンにもたらした衝撃は、『暗い笑い』における二つの相反する動きにつながっている。一つは、アンダソンがトゥーマーへの手紙で「地獄めいたもの」と呼ぶ人種差別の暴力を、『暗い笑い』で意識的に無視しようとする企てである。ウェイレンが論じるように黒人を絵画的イメージに変容させることは、複雑な社会的現実とりわけ南部における人種差別の残虐さを黒人表象からはぎ取る「脱歴史化」につながっている（Whalen 112-13）。アンダソンは自作と同じく南部の黒人を描いた『砂糖きび』から「地獄めいたもの」、語り得ぬ人種差別の暴虐を示唆する「亡霊のような空虚さ」を的確に読み取ったものの、その「地獄めいたもの」を彼のテクストは無視し、排除しようとしているのだ。

しかしながらアンダソンが自らのテクストからは排除しようとした「地獄めいたもの」は、彼自身が手紙の中で今日のいかなる作家にも「必ず到来する」と予言していた通り、他ならぬ彼自身のテクストの中に執拗に入り込んでくる。『暗い笑い』においては一方で、ほとんど強迫的とも思えるようなかたちで黒人の絵画的な描写が反復されるが、他方ではその絵画的な描写に伴うかたちで、アンダソンが『砂糖きび』から読み取った「亡霊のような空虚さ」を想起させる、「空虚さ」と結びつけられた無数の見えない亡霊たちの存在が浮かび上がってくるのだ。主人公ブルースは、旅の後自分の生まれた故郷に戻り、自分がそこに置き去りにした今は亡き母の記憶が蘇ってくる中で、母と幼い頃に川を下る船から見た黒人たちのことを思い出す。その回想の中でも眺められる黒人たちはやはり遠くで歌い踊っているだけだが、この回想は彼が後年ミシシッピー川を一人ボートで下っているときに見た不可思議な光景を思い出させる。その光景とは「彼の目の前で、人気のない川は亡霊たちで満たされていた（An empty river filled with ghosts before his eyes）」というものであり、「亡霊たち」がトゥーマーへの手紙の言葉とほぼ同じ“empty”という言葉と一組のものとして現れる（108）。

そしてこの「亡霊たち」で満たされた「空虚」を想起させる、子供時代の川下りについての回想を通して、『砂糖きび』の中心的主題であった黒人への搾取と暴力の歴史が意識に浮上してくる。母子の背後では船長が父に昔話を聞かせており、黒人が所有物だった時代には、黒人水夫が「陽気」になった場合には川に突き落として殺したものだったと自慢げに語る（104-105）。これは白人、おそらくは特に女性の乗客に対して黒人が示す慎みが足りなかった場合の制裁という意味だろう。しかも所有物だった黒人の扱いは「馬」と同様だったと船長は説明しており、黒人を眺めるブルースの前述の言葉、黒人を「馬」や「木」と同じように見るのだ、という言葉の禍々しい意味合いが浮上する。さらに「四分の一が黒人の血」で「十年前から気が狂っている」と船長が言う男が岸に立っているのを子供だったブルースは目撃し、「彼の肉体は土手の上に育つ死んだ木の幹のようだった」と感想を漏らす（*Laughter* 111）。ブルースが前にも行っていた黒人と「木」の比較は、ここではその暴力的とも言える含意を露わにする。すなわち、混血の男が人間ならざるもの、意思や思考を持たない無生物と同等の存在として捉えられているのが明白になるのである。

それだけではない。アンダソンが『砂糖きび』から読み取った「亡霊のような空虚さ」にまさに相当する、可視化と言語化を拒む空白が『暗い笑い』の中には生じており、テクストに裂け目を作り出している。ブルースが人妻であるアリーンと深い仲になり始めると、物語の焦点は妻を奪われる夫フレッドの心情へと次第に移行していくが、フレッドがアリーンと出会った頃の回想の中で、二人に激しい動揺と衝撃を与えた女性の思い出が語られる。パリにいた二人が知人たちのパーティーで目撃したこの女性は、皆が見ている前で突然何かに取り憑かれたようにうわ言を口走り始め、「アフリカのダンスに加わっている黒んぼの女のように原始的な何か——とても奇妙な感情」を自分の中に感じると言って（*Laughter* 184）、「奇妙で（queer）甲高い神経質な笑い——暗い笑い」を発する（*Laughter* 176）。小説の題名にもなっている「暗い笑い（dark laughter）」の主であるこの女性の思い出はテクストの中ではまとまりのあるかたちでは提示されておらず、断片的なフラッシュバックとして頻繁に物語の中に挿入されている。現在時の物語の進行を中断させ、またその逸話自体も分断されたかたちで提示されるこの過去の回想は、テクストの中に読者を当惑させるような数多くの空白を生じさせるのである。

　そしてその断片的な回想においては、『砂糖きび』の結末で元奴隷の老人が発した「聖書を偽らせた」白人の「罪」への問いにちょうど呼応するかたちで、錯乱した女性は皆が見守る中で「牧師は嘘をついている、司祭は嘘をついている、司教、教皇、枢機卿は嘘をついている」と口走り、「その嘘を続けろ」、「殺し続けろ」と叫ぶ（*Laughter* 178）。さらに聖職者たちが嘘をついているというこの女性の叫びとは別の箇所に挿入され回想される言葉の断片では、聖職者の欺瞞と混血・異人種混交のタブーとの結びつきが示される。その言葉は引用された詩や歌詞の抜粋のように余白と黒点に縁どられ、次のようなかたちでテクストに唐突に挿入されている。

・　・　・　・　・

必要なのは背の高い、細身の

褐色の肌の娘（brown-skin gal）
伝道者に聖書を手放させるために
・・・・・（182）

いつどこで誰が言ったかはまったく書かれていないものの、おそらくは錯乱した女性が口走ったと思われるこの言葉は、『砂糖きび』の元奴隷の言葉に呼応するものであると同時に、異人種混交のタブーを犯したベッキーの亡骸に説教師が聖書を投げ捨てる逸話を想起させる。『砂糖きび』のテクストから断片的なかたちで取り込まれたと考えられるこれらの言葉は、意味を確定できないまさに文字通りの空白を伴って、『暗い笑い』における陳述の連続性を断ち切り、テクストの統一性と完結性を妨げる。そしてその混乱状態の中で、『砂糖きび』の中心主題であった異人種混交の悲劇とそのタブーに伴う暴力の存在が、『砂糖きび』とちょうど同じように、見ることも、そして語ることもできないものとして浮上するのだ。

バーバラ・ジョンソンは、テクストの中の余白や中断といった「空白」が、テクストの自己充足的な完結性を阻み、「テクスト間の浸透」が生じる場、「相互テクスト的な異種混交性」が内化される場となり得ることを論じている（Johnson 117-121; 邦訳二一五－二二三頁）。このジョンソンの論を踏まえて言うと、アンダソンが「亡霊のような空虚さ」と呼んだ『砂糖きび』の中の語られぬ空白と『暗い笑い』に穿たれた空白はテクストを横断して浸透し合い、二つのテクストの共振を引き起こしていると考えることができるだろう。

錯乱状態の女が発する切れ切れな神託めいた言葉を媒介に、こうして『砂糖きび』からアンダソンが読み取った「亡霊のような空虚さ」は『暗い笑い』の中に貫入する。さらには錯乱した女性と同じく、作中で「暗い笑い」を発する、白人をじっと見つめる黒人の女たちもまた、『砂糖きび』の「亡霊のような空虚さ」とつながっているように思える。

姿を現すことなく作中人物を一方的に見つめるこの黒人女性たちの視線は、『砂糖きび』で南部という土地の夜の闇の中に感知される亡霊たちの視線と相似形をなしている。ただ視線の向けられ方が似ているだけではない。『砂糖きび』の短編「ベッキー」で異種混交のタブーの犠牲者が潜む、巨大な目のかたちをした家とちょうど同じように、『暗い笑い』の使用人の黒人たちの視線は、黒人たち自身については思考も感情も何一つ表すことがないまま、その視野に収められた者を対象化する。そして対象化された人間が、中立的な存在ではなく、差別社会に加担する当事者の一人であることを浮き彫りにする。『暗い笑い』で最終的に妻に見捨てられ、屋敷に置き去りにされたフレッドは、使用人の黒人たちが妻の不倫を見て見ぬふりをしていたことに激しい憤りを覚え、使用人と出会ったら殺してやろうかと考える。彼は「彼の家の召使の一人が部屋に入ってくれればいいのに」と願う。そして頭に浮かぶのは「そうすれば拳銃を持ち上げて発射するだろう。誰かが殺されなければならない。彼の男らしさ（his manhood）がそれで肯定されるだろう」という考えである。(313)。ただじっと見つめる黒人を想像することは、その視線を想像する白人が抱く、心の内の偏見を露呈させるのだ。
そして最終的には、白人を見つめる黒人たちの視線は、まさに亡霊のごとく実体を欠いた、ただ想像され、その想像によって不安をかき立てる目に見えない圧迫と化す。フレッドの願望とは裏腹に黒人の使用人は誰一人姿を現さず、フレッドが自室で呆然と佇んでいると、屋敷の外の通りで使用人の黒人女性たちの声が聞こえてくる。そしてフレッドを嘲笑うかのような耳をつんざく哄笑が響き渡り、物語は幕を閉じる。以下に引用するのが小説の結末である。

家の前の通りでは黒人女性が今では笑っていた。足を引きずる音がした。年上の黒人女性は年下のより色が黒い女性を静かにさせようとしたが、彼女は黒人女の高く鋭い笑い声を発し続けた。「分かっていた、分かっていた、ずっと私には分かっていた」と彼女は叫び、高く鋭い笑いは庭を通り抜けて、フレッドがベッドにまっすぐ身を固くして座っている部屋に達した。

終わり　(319)

「分かっていた、分かっていた、ずっと私には分かっていた」という黒人女性の絶叫が表すように、あたかも三角関係の一部始終を知り尽くしていたかのような使用人たちによって、惨めなフレッドが嘲笑われているような印象がこの最後の場面では生み出されている。ただし実際には、はたしてこの女性の言葉がフレッドたちの三角関係に言及したものなのかは定かではなく、また女性たちがフレッドのことを笑っているのかは疑わしい。というのも、この数段落前には女性たちが男性たちと一緒に外出しているという説明があり、絶叫も哄笑も、フレッドとはまったく無関係な、男性たちとの高揚した会話の一部である可能性が高いからである。それでもその絶叫と哄笑はフレッドの無力さを際立たせ、姿の見えないその声は、ベッドでひとり身を固くする彼の惨めな姿が冷酷な視線に晒されているような効果をもたらしている。白人に向けられる黒人たちの視線はこうして最終的には虚ろで実質を欠いた、亡霊のように非人間的で非人格的なものと化し、その視線に晒される白人男性の脆さ、いびつさ、そして不安をあぶり出すのである。

見えない闇から鳴り響く黒人たちの「暗い笑い」、そして自分が黒人になったようだと言って錯乱状態に陥る女性の「暗い笑い」によって浮き彫りにされるこうした白人男性の不安と脆さは、小説『暗い笑い』を読んだウィンダム・ルイスとヘミングウェイに拭い去りがたい強い印象を与え、そして彼らに動揺をもたらすことになる。そのことを続く章では見ていきたい。

註

（1）『ワインズバーグ』と『砂糖きび』の関係については、ダウが両作品を比較し、モダニストの形式的実験という共通性と、原始的過去への回帰願望の有無という点での相違を指摘している。またフィンケルは二作品に共通する、社会の近代化による人間疎外と小説の前衛的な形式との結びつきを論じている。さらに『砂糖きび』の中の幾つかの特定の短編と『ワインズバーグ』の中の複数の短編との影響関係については、スクラッグスが論じている。(Scruggs "Reluctant Witness.")

『暗い笑い』についての僅かな論考としては、主人公の社会への反逆と自己探求を論じたロックウッドの考察、アンダソンのフランスと黒人の取り扱いに官能主義へのアンビバレンスを読むファニングの作品分析、リアリズム小説の技法を超える実験性を読み取ろうとするライドアウトの論考が挙げられる。

第二章　見つめられる白人——ウィンダム・ルイス『白い輩』とアンダソン

一．はじめに

本章では、ウィンダム・ルイスの評論『白い輩——「メルディング・ポット」の哲学』（*Paleface: The Philosophy of the 'Melting Pot'*, 1929）と、彼がその評論の中で主な攻撃の標的にしているシャーウッド・アンダソンの小説『暗い笑い』の関係を、人種問題と同時代の黒人作家への二人の対応という点から検討する。その検討を通して明らかにしたいのは、一見対照的な二人に共通する人種的な不安であり、ルイスが『暗い笑い』からいかに衝撃と動揺を受けたかである。人種的不安とは具体的には、有色人種との関わりに巻き込まれることへの不安、そして自分たち白人が白人以外の者たちによって観察されることへの不安と言っていい。ルイスが激しく反発する『暗い笑い』がその実ルイスの不安を煽り、彼の不安をいっそう強化していることを最終的には明らかにしたい。有色人種の台頭と白人の弱体化への危惧を表明した『白い輩』は、研究者からはほとんど無視されてきた。ルイスの評伝を書いたジェフリー・マイヤーズはこの『白い輩』がルイスに「レイシストという評判」を与えてしまった、と残念そうにコメントしている（Meyers, *Enemy* 146）。そうした評判のせいか、『白い輩』については多くは語られてこなかった。もっとも、モダニズムにおける人種問題への関心からルイスの文学を検討する研究は近年増えつつあり、ルイスの反ユダヤ主義やジャズとの関わり、西洋の没落に対する危機意識などについて考察されている。とはいえそれでも、『白い輩』という著作、そして『白い輩』で論じられる有色人種との直接的な関係にはほとんど検討が加えられていない。(1) さらに近年、国境を越えた広い視野の中でモダニズム文学を捉えようとする機運が高まり、そうした観点からルイスの文学を考察する研究も現れ始めている。しかし、英国モダニズムとアンダソンが一端を担っていたアメリカの文学的ナショナリズム、そして『白い輩』の中でルイスが大きく取り上げる、ハーレム・ルネッサンスを中心とする同時代の黒人文学との関わりを明らかにする研究はいまだ見当たらない。(2) 本章の議論では『白い輩』をこれら三つの芸術運動が出会う場として捉え、そのダイナミックな相互交渉の一端を示すことを目指す。

二．ルイスの黒人作家たちへの警戒感と、白人を貶めるアンダソンへの批判

まず『白い輩』の概要を明らかにするため、その評論の中で同時代の黒人作家たちとアンダソ

ンについてルイスがどんなことを言っているのか確認しておく。白人の「人種的優越への信念」（18）は今ではもはや維持することができなくなっており、白人による有色人種の差別と抑圧を糾弾する「反白人運動（an anti-White campaign）」（22）に白人は悩まされている、とルイスは論じる。白人をさいなむ社会的な動きの顕著な例としてルイスは、「一貫したライトモチーフとして黒人対白人というテーマ」を持つハーレム・ルネッサンスの文学を取り上げ（29）、ラングストン・ヒューズやネラ・ラーセン、ウォルター・ホワイトらの作品名を挙げる。そしてさらに彼の言う「反白人運動」の性質を体現する小説として、W・E・B・デュボイスの『黒い王女』（*Dark Princess*, 1928）について内容に踏み込んでかなり詳しく論じている。

この「反白人運動」によって有色人種たちが白人に対する「優越性の意識」を発展させるよう促されているのに対し、白人は「劣等感」を感じるよう強いられているとルイスは説明し（41）、今日の白人たちが疚しさと劣等感とによって士気をすっかり喪失していると嘆く。その上でルイスが問題視するのは、こうした劣等感を自ら煽るような白人たちの著作がヨーロッパの国々そしてアメリカで出版されていることで、その代表としてアンダソンを糾弾する。ルイスはアンダソンの態度を端的に表すものとして、短編「わけを知りたい」（"I Want to Know Why," 1921）の主人公である純朴な少年の言葉、「自分が黒人だったらよかったのに」という発言を取り上げ、そのセンチメンタルな愚かしさを攻撃している（223）。そしてヘミングウェイがアンダソンの『暗い笑い』をパロディにした小説『春の奔流』を発表し、アンダソンの原始的な存在への憧憬を馬鹿げたこととして徹底的に笑いのめしたことを高く評価する（144）。

しかしながらその一方でルイスが、甘い夢想やセンチメンタルな美化とは程遠い、『暗い笑い』の後半から結末にかけての黒人の描き方、見えない地点から白人をじっと観察する存在としての黒人像に接して、反発しつつも強い印象を受けたのは確かである。ルイスは黒人たちに観察され嘲笑を浴びせられる白人の描写に対して、有色人種への白人の劣等感の現れとして嫌悪感を露わにするが、他方で同時代の白人たちにつきまとう不安についての際立った表現だと見なしている。彼は『白い輩』の結論部において、「今日のヨーロッパの白人」はどこでも「心の底から不安」であり、「彼には理解できない、彼の背後から（あるいは近所のどこかに隠れて）見つめる存在を意識する」ことを与儀なくされている、と説明する。そして「隠れて見ている黒人の召使の『暗い笑い』はこの不安の典型的、具体的な表現なのだ」と語る（239）。

ルイスが想定する「背後から見つめる存在」とは、アンダソンの小説を読んで彼が漠然と思い描いた単なる想像ではない。理解を超えたその不可解な存在への言及は、ルイス自身が公にした発言や言動に目を向け解釈する、白人以外の読者あるいは公衆を強く意識したものであるように思える。というのもまさにそうした公衆からルイスに注がれる視線を、彼が問題にするデュボイスの『黒い王女』は提示しているからだ。そこで次に、『黒い王女』がルイスに気づかせた視線と、それに対するルイスの反応を検討する。

三 『黒い王女』が提示する視線とルイスの反応

ルイスが「反白人運動」の一部として注目するデュボイスの『黒い王女』の中でとりわけ彼の興味を引きつけたのは、物語の序盤でアフリカ系アメリカ人の主人公が、白人支配体制を終わらせることを目指す有色人種たちの秘密会議に出席する場面である。彼はデュボイスの小説について論じるにあたって最初にこの会議の場面を取り上げ、その箇所を読んだ時の彼の驚きと当惑を打ち明ける。というのも主人公が、偶然出会ったインドの王女に招かれて参加したその会議において、出席者たちが他ならぬルイス自身が始めた芸術運動を話題にしているのを発見したからである。彼は「それらの肌の黒い陰謀者たちは、私の発明であるヴォーティシズムを箸と同じくらいよく知っており、そのことに私は少々困惑した」と書いている（33）。小説では、日本を含むアジア、アフリカの代表者たちが席上で、表現主義やキュビズムと共にヴォーティシズムを話題にする。その会話の中で小説のヒロインであるインド人王女はそれらの芸術運動を評して、アフリカの「コンゴ」がギリシャの「アクロポリスに押し寄せている」と形容する（*Paleface* 33; Du Bois, *Dark Princess* 20）。ルイスにとって、彼の芸術的企てのこのような受容のされ方も、また彼の芸術が同時代の世界にこうした波及効果を及ぼし得るということも、まったく予想外だったと言える。

ヴォーティシズムの決起書とも言える雑誌『ブラスト』第一号（*Blast* 1, 1914）の中でルイスは、西欧の伝統と過去の歴史から切断された、活力に満ちた新たな芸術創造の必要性を訴え、「我々の芸術」は「原始人の芸術」に似てくるだろうと宣言している。そして目指すべき単純性を備えた倣うべきモデルとしてアフリカや中国、日本の芸術に言及している（"Vortices and Notes" 141）。しかし彼はこの自らの発言が、話題にしている当の土地の人間によって読まれ、利用される可能性を出版の時点では想定していなかったのであろう。ルイスにとってアフリカや東方の芸術は作り手やそこに住む人間からは切り離された純粋なオブジェであり一方的な観察の対象であって、その文化圏の当事者によって自分自身が観察の対象にされる可能性は意識していなかった、とも言える。

デュボイスの『黒い王女』に書かれていることはフィクションではあるものの、現実から切り離された単なる空想というわけでもなかった。そこで描かれる有色人種の会議やインド人女性との出会いが、一九一一年にロンドンで開催されデュボイスが出席した万国人種会議を下敷きにしたものであることを研究者たちは指摘している（Bhabha 51; David L. Lewis 214-15）。またアフリカ発祥の文化が西欧に押し寄せていると考える作中のインド人王女の言葉と響き合う主張を、ハーレム・ルネッサンスの論客アレイン・ロックは、雑誌『ネーション』（*Nation*）の一九二八年四月一八日号に書いている。彼は白人の作家・芸術家が黒人のテーマと素材に強い関心を示している現状を好機と捉え、黒人の芸術家はそれに「乗じる（capitalize）」べきだと力説している（Locke,

“Beauty”432)。またルイスのヴォーティシズムが非西欧世界にも知れ渡っているという物語の記述も事実に反するものではなく、例えばその絵画展はほぼ同時期に日本の新聞で紹介され、また一九一五年の『三田文学』には実際に絵画展を見た詩人野口米次郎による、ルイスの芸術論には共感するが彼の作品は「悪画も悪画、話にならぬ悪画」だという批判的な論評が掲載されている。(3)ルイスはおそらくこれらの関連する事実を知らなかったであろう。それでも、ハーレム・ルネッサンスの興隆を支えたデュボイスの小説の中でルイスの芸術運動が取り上げられているという事実そのものに、彼の芸術の広範なそして予想外の受容のされ方を感じ取ったことは間違いない。

ヴォーティシズムをはじめとする西欧前衛芸術とアフリカ文化の接近について『黒い王女』で王女が言う、「コンゴ」が「アクロポリスに押し寄せている」という受けとめ方は、ルイスにとって予想外であっただけでなく、きわめて不本意であったに違いない。というのも第一にこの発言には非西欧世界が西欧を圧倒し、有色人種の文化が白人の文化を凌駕しているという含意が読み取れるからである。デュボイスを筆頭とする「反白人運動」が、有色人種の優越意識と白人種の劣等意識を煽っていると警鐘を鳴らすルイスにとっては、自分が主導した芸術運動が、有色人種の優越意識を感じさせる発言のために利用されるのは許容し難いことだったはずだ。またこの王女の一言だけに限らず、ヴォーティシズムその他の芸術運動についての会議出席者たちの会話は、教養ある有色人種たちがいかに広い知見を持ち欧米の出版物で得られる事実に精通しているかを明らかにするものであるとともに、彼らが知っていて欧米の読者が知らないことがどれほど多いかを示唆する役割を果たしている。彼らは皆英語とフランス語を駆使でき、それに加えて当然自分たちの母語も用いることができる。また「芸術、書籍、文学」や「新聞に載った政治」だけでなく「色々な内情やひそひそ話、そして出版されていない事実」にも通じていることが強調されている（*Dark Princess* 20）。王女と会議出席者たちの会話は、西欧人が理解し把握している限られた世界の外側に、彼らが知らない広大な世界が広がっており、教養ある有色人種はその両方の世界を視野に収めているということをうかがわせるものとなっている。丘の上に建つ「アクロポリス」に「押し寄せる（flooding）」コンゴというイメージは、西欧世界の小ささに比した非西欧世界の途方もない拡がりを示すものであり、その迫りくる奔流のイメージは、規模と勢い、そして力の点で非西欧世界が西欧に勝っていることを示唆し、いずれは西欧を飲み込んでしまう、あるいは押し流してしまうことを暗示する。

彼自身が加わった芸術運動を話題にする有色人種たちの会話を受けて、ルイスが直接的に表す反応は驚きと当惑の言葉だけである。だがこの会話に見られるような西欧対非西欧の捉え方への彼の強い反発は、『黒い王女』と他の黒人作家の作品について展開した議論を締めくくる「第一部結論」において示されている。『黒い王女』その他の著作が示唆するのは「白人の世界が『終わった』」ということだが、「我々は押しのけられるわけにはいかない」と彼は言い放つ。そして白人の精神的敗北の証だと彼が考えるアンダソンの小説のタイトル『暗い笑い』を持ち出して「つまりは、暗い笑いの合唱に合わせて退場する（march out to a chorus of Dark Laughter）」わけにはいかないという言い方で自らの主張を要約する（*Paleface* 85）。本論の初めに引用した『暗い笑い』についての彼のコメントの言葉を使えばこの要約は、白人には「理解できない」けれども白人を「隠れて見ている」有色人種たちの存在を強く意識するようになったルイスが、おびただしい数のその有色人種たちに文化の中心の座を明け渡すわけにはいかない、という決意表明、徹底抗戦の立場を打ち出すに至ったことを示している。こうして彼個人の言動が広く知れ渡り有色人種に不本意なかたちで利用されているという自意識は、白人全体が皮肉な目で見つめられているという不安と重なり、その不安はすべての有色人種に対して身構える自己防衛的な姿勢へとつながる。

ここでいったん『黒い王女』の作者であるデュボイスの側に話を移すと、小説で提示されている芸術運動ヴォーティシズムについての議論が、その運動の当の創設者ルイスの眼に留まるまでは彼は想定していなかったはずである。そう考えると、白人の言動を観察し意味づける有色人種の眼差しを読み手が強く意識するというのは、物語を書いたデュボイスの意図したところではなかったようにも思える。しかしながらこの小説の創作に至るまでの彼の著述を見てみると、白人を見つめる黒人、そして有色人種の眼差しを自らの執筆活動によって白人読者に意識させるという目論見をデュボイスが明確なかたちで抱いていたことが分かる。一九二〇年出版の著作『黒い海流――ヴェールの内側からの声』（*Darkwater: Voices from Within the Veil*）に収められた評論「白人民衆の魂」（“The Souls of White Folk”）においてデュボイスは「白人性（whiteness）」と彼が呼ぶ白人精神についての考察を行っており、「白人民衆の魂」を「透視できる（clairvoyant）」立場に自分はいると最初に告げ、それというのも彼が白人たちと同じ文化を吸収した者であり、「彼らの思想が骨となり彼らの言語が肉となって」いるからだと説明する。そして「私はその魂を丸裸の状態で、また背後から、そして側面から見つめる（I see these souls undressed and from the back and side.）」と語り、それに続けて「私には彼らの考えが分かっており、そして彼らには、私が分かっているということが分かっている（they know that I know）。この彼らの自覚は、ときに彼らに羞恥心を感じさせ、ときに彼らを逆上させる」と述べる（15）。このように説明した上でデュボイスは、「地上の永久の所有権」を保持しようとして黒人や日本人などのアジア人を差別しさらには敵視さえする同時代の白人の姿勢を批判的に分析している。

そしてさらにデュボイスは、彼が編集していた雑誌『クライシス』（*Crisis*）の誌上で一九二六年の約半年間にわたって、「芸術における黒人――彼はどのように描かれるべきか」と題したシンポジウムのシリーズを企画し、ハーレム・ルネッサンスの担い手であった作家たち、そして黒人という題材に興味を持つと思われる白人の編集者や作家たちに質問状を送っている。質問に対する各回答者の回答が紙面に掲載され、その回答は好意的なものや冷淡なものなど様々だが、この企画と公開質問状それ自体によって、デュボイスは芸術や文学における黒人像が白人によって一方的に思い描かれ作り出されることへの抵抗を示し、その黒人像を目にする実際の黒人公衆、読者の存在を作り手とりわけ白人の作り手に意識させようとしたのだと見なすことができるだろう。(4)

そしてこの雑誌の企画の二年後、一九二八年にデュボイスは自ら黒人を主人公にした小説『黒い王女』を発表するのである。デュボイスの詳細な伝記を書いたデヴィッド・リヴェリング・ルイスは、『クライシス』のシンポジウムにおける論争の延長線上で『黒い王女』が執筆されたと捉えており（David L. Lewis 176-182）、実際、『黒い王女』という小説の執筆そのものが、デュボイスが雑誌のシンポジウムで提起した問いかけ、芸術において黒人はどのように描かれるべきか、という問いへのデュボイス自身の回答となっている。小説の内容と形態について以下に概略を示すと、主人公マシュー・タウンズは、医学部に入学したものの人種差別によって学部長と大学当局から医師になる道を阻まれ、大学を去らざるを得なくなる。アメリカ社会に絶望したマシューはヨーロッパに旅立ち、放浪の旅のさなかベルリンのカフェにおいて、差別意識むき出しのアメリカ人客から浅黒い肌の美女をかばい、インドの王女だと判明するその女性と知り合いになる。有色人種の国際会議を中心となって運営するその王女は、マシューをアメリカ合衆国の黒人代表として会議に加わるよう誘い、それがきっかけで主人公は有色人種地位向上のための国際運動に身を投じ、また王女を熱烈に恋するようになる。書名の副題が『黒い王女——ロマンス』とあることからも分かるように、リアリズムの小説やモダンで実験的な小説とは対極にある古風な趣の恋物語でかつ政治小説であり、『白い輩』でこの作品を批判するルイスが言うようにあからさまなプロパガンダであるのは間違いない。だがこの小説がプロパガンダであることはデュボイス自身がはっきり自覚していたはずであり、彼は一九二六年に『クライシス』においてプロパガンダとしての小説の意義を強調している。彼は「すべての芸術はプロパガンダである」と主張し、「プロパガンダのために使われないどんな芸術も私はまったく気にかけない」と宣言している（David L. Lewis 175）。そしてそうした彼自身の主張を体現する小説『黒い王女』においてデュボイスは、主人公をはじめとするアメリカやイギリス植民地の黒人たち、有色人種たちの差別への不満や憤りを表現するのである。

この人種差別への鬱積した不満が表明されたデュボイスの『黒い王女』を読んでウィンダム・ルイスは、先ほど説明した通り「隠れて見ている」有色人種たちの「暗い笑い」の合唱に合わせて白人は退場するわけにはいかない、追いやられるわけにはいかない、という決意を『白い輩』で表明するわけだが、この決意はさらに確固たる排他性につながる。『白い輩』の決意表明が表す自己防衛的な姿勢に立ってルイスはさらに、白人は異人種との接触を避け距離を取るべきだという主張を展開するのだ。有色人種の「反白人運動」を論じた第一部に続く第二部では、ルイスは別の人種の「意識」は白人にとっては「敵対的で困惑させるもので、危険（inimical, confusing, and dangerous）」であるとまで言い、白人は「『異質な意識』との接触」をするべきではない、と言い張る（171）。

『黒い王女』で白人支配体制に挑む有色人種たちの自己主張の言葉は、異人種の「意識」との接触を戒める彼のこうした警戒心を強めたに違いない。有色人種たちの秘密会議における会話を引用したあと、ルイスは小説のかなり後半部分でインドの王女が主人公マシューに宛てた手紙を引用しており、その手紙には有色人種の白人に対する激しい憤りと敵意について書かれている。手紙で王女は一部の非白人の活動家が、「有色人種の白人に対する世界規模の戦争での血みどろの敗北」だけがヨーロッパとアメリカとオーストラリアに「分別と良識を叩き込む」ことができると信じているとマシューに伝える（*Palefface* 39-40; *Dark Princess* 297）。王女自身はこうした暴力的方法には賛同せず、マシューも最終的には王女とともに非暴力の道を選択するが、暴力へと突き動かされる活動家の鬱積した憤懣については小説は理解を示し、一定の共感をこめて描き出している。ルイスが引用する王女からの手紙に先立ち、黒人への終わることのないリンチへの報復として白人市民の殺戮を計画するアナーキスト、ペリグアにマシューは遭遇する。計画に反対するマシューはペリグアに対して、リンチの害に気づいていない大勢の市民を殺して何の役に立つのか、どんな効果があるのか、と問う。その質問にペリグアは「じゃあなぜ気づいていないいんだい。俺たちが知らせていないからだ。傷つけられたときには、この世界では叫ばなければならないからだ。叫び、罵り、蹴り、戦わなければならない。」と答える（*Dark Princess* 61）。主人公はその場ではペリグアに決して同調しないものの、その後彼の親友がリンチで殺されると心が揺らぐ。

西インド諸島出身でニューヨークに拠点を置くペリグアは、闘争心を煽る言葉で多くの信奉者を惹きつける活動家であり、作者デュボイスのライバルであったマーカス・ガーヴェイがそのモデルであると考えられている（David L. Lewis 216）。実際ガーヴェイは、彼が率いていた万国黒人地位改善協会（Universal Negro Improvement Association）の機関紙において一九一九年に「世界中の白人暴徒たちが黒人をリンチし焼き殺し続けている」現状に立ち向かうため「黒人は世界中で結束しなければならない」と主張し、「世界の同胞たちよ、備えを怠らないようここで乞いたい、というのも偉大な日が近づいているからだ——人種戦争の日が（the day of the war of the races）」と訴えている。[5] ガーヴェイのこうした主張は、『黒い王女』において白人との全面戦争を希求する活動家たちの手紙、そしてペリグアの言葉と響き合うものであり、デュボイスはガーヴェイの扇動的な演説や論説を念頭に置いて『黒い王女』で怒りに駆られる活動家たちの言葉を創作したのだろう。デュボイスが創作した憤る活動家たちの言葉では暴力的な攻撃性が際立たせられ誇張されているものの、リンチを見過ごしている大多数の白人たちの責任を問い事実を直視させるために「叫ばなければならない」「戦わなければならない」と強調するペリグアの説得力ある言葉には、デュボイス自身の思いも込められているように聞こえる。

『黒い王女』に表されている黒人たちのこうした白人全体に向けられた怒りと、不作為の罪を問う指摘をルイスは目にしたはずである。だが彼はそうした怒りと問いかけから身をかわすように、『白い輩』で『黒い王女』を紹介するのに先立ち一般論として次のように説明している。有色人種に対する関係ではすべての白人が責めを負うと考えるのは「我々の共同体の士気」のために良くない、それは「意気消沈（depression）」と「自らの辱め（self-mortification）」につながるとルイスは説明し（21）、自らを罪深いと見なす「良心」に白人が悩むのを戒めている（22）。

そして本全体の結論においては、白人は疚しさと居心地の悪さを感じさせる有色人種たちとの関わりを避け、白人だけの分離された領域に身を置くのが望ましい、という見解を提示する。白人は「別の種類の人々」には「今よりもっと会わないようにすべきだ」と彼は主張し、それに続けて「もし白人の世界がもっと自分たちだけでいて、他の人々に干渉されなければ、その世界は政治的に無傷なままでいられたはずだし、誰も悩まされることはなかったはずだ」と訴える。(258)

こうして、デュボイスを筆頭とする黒人著作家たちの言葉に接して彼自身と白人全体に向けられた有色人種の視線を強く意識するようになったルイスは、そうした視線と向き合うことを避けて自らの世界を白人のみに限定し、それ以外の人々とは距離を置いて関わりを持たないという分離主義的な立場を明確に打ち出すのである。

四．アンダソンが自覚する黒人読者の視線と、関わり合いの拒絶

人種間の隔離を求めるルイスが、敵対勢力の代表であり白人の異人種への接近と文化的屈服を推し進めていると見なすのがアンダソンであり、黒人および黒人文化を礼賛する彼の文学作品をルイスは徹底して批判している。しかしこうした批判とは裏腹に、黒人をめぐる二人の姿勢には実はさほど大きな違いはないように思える。というのもアンダソンもまた自分の著作が黒人の目に触れることを『暗い笑い』執筆の時期にははっきりと自覚するようになり、著作の中で黒人と

は距離を置くという姿勢を打ち出すようになっていたからである。

アンダソンが『砂糖きび』を出版したトゥーマーと手紙でやりとりしていたことはすでに一章で説明した通りだが、『砂糖きび』出版に先立って二人の間では文通はすでに始まっており、そのきっかけはトゥーマーが、アンダソンの作品における黒人描写についての感想を書き送ったことだった。アンダソンの初期の作品においては、子供のように純真で無垢な黒人、あるいは短編「どこにもない場所から無へ」（"Out of Nowhere into Nothing," 1921）に登場する青年のように従順で飼いならされていると言ってもいいような黒人など、ステレオタイプに基づく黒人像が提示されている。ところが意外にも、ハーレム・ルネッサンスの旗手としてすでに作品を発表し始めていたトゥーマーはアンダソンの黒人の描き方を賞賛する手紙を本人に書き送り、中でも特に「どこにもない場所から無へ」を絶賛している。その話に出てくる若者は、白人弁護士の尽力によって殺人の濡れ衣を着せられることを免れ、釈放後は弁護士の妹の家で庭師として働かせてもらう。この若者はかつて彼自身が法律家になることを目指し大学に通っていたのだが、彼を庭師として雇った婦人に対し、「私はあなたの奴隷になりたいんです」「あなたの場所から決して離れなくてもいいと分かれば幸せなんです」と訴える（*Triumph* 228）。そしてこの家畜化されたような若者は、小説では雄々しかったはずの彼のアフリカの先祖、他部族を襲い女を力づくで奪う戦士たちと対比される。この短編を読んだトゥーマーは、誰であれこんな話を書けるのなら、素晴らしいことが起こるだろうと思ったとアンダソンに書き送っている（Toomer, *Letter* 102）。なぜこの話をトゥーマーが素晴らしいと感じたのかは手紙ではよく分からないが、同時代の黒人の多くが実際に去勢化されたような状態に陥ってしまっている、という問題意識を持っていたのかも知れない。一方アンダソンはトゥーマーに対し、「私は黒人について書きたかったのではなく、黒人の内側から表現したかった（I did not want to write of the Negro but out of him）」のだがそれを「書くべき人間は私ではなかった（I wasn't one.）」と述べて、黒人の内面を描写することに慎重な姿勢を示すようになっている（Anderson, *Letter* 42）。

黒人の内面を書くべき人間は自分ではなかったというこのアンダソンの反省に対して、返信の手紙でトゥーマーは「その通りだと思う」と応答し、問題の短編の黒人像が「表面的なもっともらしさ（surface plausibility）」という点でいうと「真実性に欠ける（unreal）」のは確かであり、「黒人の『進歩』に興味を持つ私の友人たちであれば激しく抗議するでしょう」とアンダソンに告げている。だがそれだけではなくトゥーマーは続けて、その短編で「あなたは感情を喚起しました」と説明し、自分がその黒人表象に心動かされたことを強調している（Toomer, *Letter* 106）。それでも、トゥーマー本人は肯定的な評価を下しているにしてもこうした手紙のやりとりによってアンダソンは、トゥーマーという一人の読者に加え彼が言及する黒人読者たちの眼を意識せざるを得なくなり、自分の願望や期待をただ投影しただけの黒人像を無自覚に書き続けるわけにはいかなくなったのは間違いない。

この手紙のやり取りの後にアンダソンは『砂糖きび』を読み、黒人の内面を描き得る当事者と彼が見なす、トゥーマーによる黒人像を目にすることになる。その黒人像はアンダソンが描く黒人たちとは大きく異なり、厳しい人種差別にあえぐ彼らの苦しみや閉塞感、そして白人へのルサンチマンが表現されている。またその著書の中の一つの短編「血が燃える月」では黒人の側が白人を観察し噂しているのは一章ですでに説明した通りだが、それに加えその短編ではアンダソンが「どこにもない場所から無へ」で描いた柔弱で家畜化されたような若者とは対照的な、逞しく豪胆な黒人男性が提示されている。物語の主人公であるその小作人は恋人をめぐって白人の地主と三角関係にあり、地主が力づくで決着をつけようと彼を襲うとまったく動じずにその動きを封じる。そして逆上した地主がナイフを取り出して切りかかると、返り討ちにしてその地主を殺してしまう。主人公はその後「蟻のように」群れをなして押し寄せる他の白人たちにリンチで殺されるものの、物語で一貫して強調されるのは彼の毅然たる態度と雄々しさである。

『砂糖きび』を読んだアンダソンは、一章で触れたように激しい衝撃を受け彼が感じた戦慄をトゥーマーに手紙で書き送り、今後の自作では黒人を外側からのみ描きトゥーマーとは異なる黒人像を提示するつもりだと告げている。その構想を実現した作品『暗い笑い』を見てみると、描写の視点が黒人の内面に入り込まないだけでなく、白人と黒人との間で直接的な関わり合いがまったく無くなっていることが分かる。作中で黒人たちは常に遠くで笑っているだけであり、白人が黒人を眺めるにせよ黒人たちが白人を見つめるにせよ、両者の相互交渉は一切ない。こうした相互交渉の欠落は黒人を描いたそれまでのアンダソンの作品とは大きく異なる。

黒人が遠くでただ笑っているだけの『暗い笑い』においてアンダソンが唯一あり得る直接的な人種間交渉として思い描いているのは、暴力的な衝突であり、それも暴力の極み、殺害である。妻を主人公ブルースに奪われたフレッドは、恋敵ブルースを探し出して殺そうとするが、彼を見つけられないと今度は代わりに、二人の不倫を傍観していた黒人の使用人を殺そうと考える。だが屋敷で働く黒人たちは折しも全員出払っており、その望みも結局叶わない。

このように三角関係の敗者となった白人男性の鬱積した怒りをぶつけるため、殺害の対象として一旦は黒人の存在が想起されながら、結局その場に黒人が誰も居合わせずその不在がむしろ強調されていることは、『暗い笑い』というテクストにおいて人種間の濃厚で直接的な接触が徹底して回避されていることを示している。人種間の生々しい関わり、直接的な接触は危険で避けるべき事態としてテクストでは扱われていると言っていいかもしれない。そしてそうした接触の危険視は、『砂糖きび』における白人と黒人の暴力的対決と殺し合いの物語にアンダソンが強い印象を受けたのが一因となっている可能性すら考えられる。いずれにしても確かなのは、作中で白人と黒人とが徹底して引き離され、両者の間に距離が置かれているということである。

実際フィクションの中だけでなく、『暗い笑い』出版の直後にアンダソンが雑誌に寄稿している記事を読むと、彼が現実の黒人との密接な関わり合いを避けるようになっており、また白人と黒人は距離を置くべきだという立場を明確に打ち出していることに気づく。

彼は『暗い笑い』が刊行された翌年の一九二六年に二つの雑誌記事において、黒人についての自分の見解を表明している。ひとつは本章で先ほど言及したデュボイス編集の雑誌『クライシス』の特集記事「芸術における黒人——彼はどのように描かれるべきか」に見解を示すよう求められて寄稿したものである。この記事にアンダソンは短くそっけないコメントを寄せ、「黒人たちが神経質になりすぎるのは大きな間違いだと思う」と述べ、さらに「芸術の中での扱われ方という問題に関して、黒人たちには白人よりも文句を言う事柄がたくさんある、とは思えない」と記事の問いかけを真剣に取り合わない姿勢を示している（"Negro" 36）。もう一つは『ヴァニティ・フェア』（*Vanity Fair*）一九二六年秋号に発表した「南部——メイソン・ディクソン線以南における黒人と白人、その他の問題」と題した記事で、そこでは黒人を遠ざける姿勢がよりはっきりと示されている。その記事でアンダソンは、白人と黒人が完全に別の一族に属していることを強調し、「黒人に関しては私は南部人だ。私は黒人を自分の兄弟にするといった幻想はまったく抱いていない」と書き記している。そして「黒人を好きだということ——黒人がまわりに居てほしいと望むことは——黒人に過度に近づいて欲しいということとは違う」と言い放ち、黒人との緊密な関わりは望まない、距離を置く、という立場を明確に表明している（"South," 49）。

黒人を礼賛し白人の劣等感を煽る勢力の代表としてウィンダム・ルイスが敵視し攻撃したアンダソンは、このようにルイスと同じく自分の著作が黒人の読者に読まれ予期せぬ受け取り方をされていることに気づき、自分に向けられる黒人の視線を強く意識するようになり、その後黒人との関わりを避け、距離を置くようになったことが分かる。その点において、見かけ上の対立とは裏腹に二人の態度は基本的に共通している、と言える。

五．『白い輩』で反復される『暗い笑い』

ルイスとアンダソン二人の著述には、黒人への態度という点で相似が認められるだけではない。二人の著作の間には、より緊密で強力なつながりがある。『白い輩』というテクストそのもの、著作の話の展開そのものが、ルイス自身の意図に反して、彼が激しく批判するアンダソンの『暗い笑い』の後半から結末に至るまでの物語をそっくり反復してしまうのである。

ルイスが『暗い笑い』の結末に忘れがたい鮮烈な印象を受けたことは、本章の最初に触れた「背後から見つめる存在」への不安を黒人の召使の『暗い笑い』は体現している、という『白い輩』の結論部での彼の言葉によく表れているが、彼の『暗い笑い』についての論考からも、そのことはよく分かる。彼は、惨めな白人男性の背後で黒人の笑いが鳴り響くという『暗い笑い』の結末部分を、『白い輩で』で「アンダソン氏の本、『暗い笑い』は次のように終わっている」という言葉に続けて、まるまる一段落そのまま抜粋する（197）。

妻に見捨てられ屋敷に一人残されたフレッドの独白から始まるその最後の段落、「なぜフレッドは笑えないのだろうか。彼は笑おうと努力し続けたができなかった。家の前の道では黒人の女性が笑っていた。足を擦って歩く音がした。年上の黒人女性が若く、より色の黒い女性を静かにさせようとしたが、その女性は黒人女の甲高く鋭い笑い声で笑い続けた。」という段落の始まりから最後までが抜き出され、屋敷の主人フレッドと妻と庭師との三角関係を見世物にして楽しんでいた使用人の黒人女性たちがまるですべてを見通していたかのように、「分かっていた、分かっていた、私にはずっと分かっていた」という哄笑が響き渡るさまが示される。そしてさらに「その甲高く鋭い笑いは庭を通り抜け部屋に達し、そこではフレッドがベッドの上にまっすぐ、体を硬直させて座っていた」という小説の結末、一個のオブジェのような状態になってしまった白人男性フレッドの無力さが際立たせられる結末に至るまですべて引用されている。

このような結末に至る『暗い笑い』をルイスは、白人の精神的敗北のしるしと見なして激しく糾弾する。ルイスは、アンダソンの「黒人崇拝」の結果として「黒い考えへの宗教じみた服従」につながっていると非難し（210）、アンダソンの文学は「黒人のヒステリー」に屈してしまっていると主張する（238）。

ルイスの見解では、『暗い笑い』の陰惨な結末は不吉な時代精神を映し出していると見なされる。ルイスは自論を展開するのに『暗い笑い』の結末とD・H・ロレンスの紀行文『メキシコの朝』（*Mornings in Mexico*, 1927）とを接続し、両者が現代社会の危険な兆候を示していると主張する。ロレンスの『メキシコの朝』では人を真似るオウムの声が聞こえたことから、オウムが人間を見て嘲っているという想像が語られているが、ルイスはその部分を取り上げて「シャーウッド・アンダソンの『暗い笑い』で黒人たちが白人たちを嘲るのとちょうど同じように」オウムが人間たちを嘲っていると説明する（187）。そして『暗い笑い』の結末と同じく『メキシコの朝』においても、自分たちに敵意を持つ異質な存在の側に読者が共感するように目論まれていると批判する。さらに次のように一気に論を進める。

この鳥と人間の劇における状況は、白人と黒人、文明人と野蛮人、あるいは白人の主人とアジア人の臣民の状況と同じだ。（192）

このように述べた上でルイスは、自分とは異なる存在との一体化を求めるのはつまり「プリミティブな人間の神秘的で共産主義的な連合体に降伏」するということだ、と断じるのである（194）。

ルイスのこうした一連の説明は、『暗い笑い』で物語られる、白人が非白人によって批判的に観察され、嘲笑されるという不安あるいは恐怖を、ルイスが真に迫るものとして受け止めたことを示唆している。さらに言うなら、ルイスの評論はアンダソンの作品の批判的分析という体裁を取ってはいるものの、その実アンダソンの小説で表現される白人が見られ、嘲られるという不安を別のかたちで語り直しているように思える。ルイスは、アンダソンとロレンスの文学を論じる最終目的は社会の現実、時代精神の検討であり、現実を検討するのにフィクションを扱う理由は、事実を取捨選択し意味づける「定式（formulas）」を問題にしたいからだと説明している（98）。しかしこのルイスの用語を用いなら、彼自身が批判する当の『暗い笑い』という物語の「定式」、物語の型の中に囚われている、と言えるのではないか。

ルイスが『メキシコの朝』を読む際に『暗い笑い』が提示する物語の型にどれほど強く支配され、拘束されているか、ということは、その型の中に「メキシコの朝」の言葉をはめ込むかたちで、彼がかなり強引な解釈をしている事実に現れている。オウムが人間を嘲りの眼で見る『メキシコの朝』の冒頭場面にルイスは『暗い笑い』の結末を重ね合せ、白人対有色人種という構図を読み取っているわけだが、実はオウムが注意を向けているのは白人ではなくメキシコの先住民である。作者ロレンスは、自分の召使である先住民の若者と彼が連れている犬の声をオウムが真似ているのを聞いて、オウムが人間たちを嘲っていると想像しているのだ。ロレンスはさらにこのオウムの鳴き声からの連想で、先住民に伝わる人類創生の神話に思いをめぐらせ、地上に出現した人間を他の動物たちが怪訝そうに眺めている様子を空想するが、この空想上の神話的情景においてもルイスは白人が周囲から敵意に満ちた目で見られている、というふうに読み解く。しかし見られているのは人類全般であり、あえて民族を特定するとすれば白人ではなく神話を語り伝えてきた先住民になるはずである。ところがルイスはこの箇所を敵意に満ちた目に取り囲まれる白人、という物語の型にはめ込むために、明らかな誤読を行っている。彼は本文の中の「洪水から我々自身の太陽が現れ、そして小さな裸の男が現れた（Out of the flood rose our own Sun, and little naked man.）」という一文を含む段落を抜き出して引用しているが（190）、次に自分の地の文の中でこの箇所にもう一度言及するときには「小さな白人の裸の男（little white naked man）」と誤ったかたちで引用している（191）。つまりロレンスの元の作品ではただの「裸の男」だったのが、ルイスの説明の中で「白人の裸の男」にすり替えられてしまうのである。

ルイスはこのように、『暗い笑い』で語られていた白人が有色人種に見られ、嘲笑われる、という物語のバリエーションを、『メキシコの朝』で人を見るオウムの中に、そして最初の人類を見る動物の中に、繰り返し読み込み、語り直さずにはいられない。精神分析批評で大きな足跡を残したショシャーナ・フェルマンは読解を転移として捉え、物語に心を動かされた読者が自らの語りにおいてその物語を思わず反復してしまう転移のプロセスについて論じ、テクストが読み手に「取り憑く」という表現を用いている（Felman 101）。フェルマンに倣えば、『暗い笑い』という物語が『白い輩』に転移し、取り憑いたという言い方も可能であろう。

六．むすびに代えて――本章のまとめと今後の課題

評論『白い輩』と『暗い笑い』の関係に焦点を当てることで見えてくるのは、ルイスとアンダソン、それにデュボイスやトゥーマーといった同時代のアフリカ系アメリカ人たちの三つ巴の相互交渉において、国境そして人種的区分という境界を越えてテクストが干渉し浸透し合うさまである。そしてルイスとアンダソンのテクスト間の相互浸透では、同型の物語の枠組みが共有され

ることによって人種的不安は補強され増幅される。またその人種的不安は、白人と黒人との接触を忌避し両者を分離しようとする企てへとつながるのである。

なお最後に、ルイスの人種観の『白い輩』以降の展開、そして『白い輩』に対する同時代人の受けとめ方について簡潔に触れ、英語圏におけるルイスの研究者が目を背けがちだった彼の人種差別的な見解を検討することの意義と可能性について指摘することで本稿を締めくくることにしたい。

ウィンダム・ルイスの書作では、『白い輩』で表明されている異人種間の接触忌避はのちに極右思想、ナチズムへの共鳴にまで行きつく。有色人種との接触をめぐる不安とナチス支持がルイスの中で分かちがたく結びついていることは、ナチズムへの熱烈な支持を表明した彼の著書『ヒトラー』(*Hitler*, 1931)から読み取れる。彼はその著書の中で、西欧の退廃を体現する都市だと彼が考えるベルリンを、ヨーロッパにおけるシカゴと捉え(15)、そこでのジャズと黒人芸術の浸透を退廃の兆候とみなしている(39)。そしてこうした退廃に「高貴さ」を帯びた「禁欲主義」で抗いそれを一掃してくれる政治家がヒトラーであるとルイスは考えている(28)。

政治的な信条においてはおよそ接点の見当たらないルイスとアンダソンという二人の作家の間で同種の人種的不安が共有されているという事実を踏まえるなら、ルイスの人種観が極右思想家だけに限定される特殊なものではなく、同時代の白人たちに一般に広まっていた不安の延長上にあった、あるいは地続きであったという可能性があり得るのではないだろうか。本章の始めで触れたように、ルイスは『暗い笑い』で嘲笑われる白人の姿は今日のヨーロッパの白人が抱いている不安の典型的な表現だという見解を示しているが、実際、『白い輩』についての同時代の論評の多くはこのルイスの見解に同調している。イギリスの新聞『スペクテイター』の一九二九年六月八日の『白い輩』の書評は、『白い輩』で表明されている人種的不安が当時イギリスで広まっていたことを認める。書評の論者は「あらゆる場所において白人は彼の時代が終わったと告げられている（そして自分自身に対してもそう言っている）。［……］彼はますます不安になり、羞恥心を抱くようになっている」と語り、そして「白人の自信が深く動揺させられていることはほとんど疑う余地がない」と書いている。また『タイムズ』の一九二九年五月十日十七日の『白い輩』についての書評は、ルイスの率直さを認めている。書評の筆者はルイスの考えに判断を下すのを避けつつも一方で、『白い輩』の力強い議論を讃え、「彼は我々の時代における健全な思想家の一人かも知れないしそうではないかも知れない。この本は、彼が我々の中のもっとも刺激的で示唆に富む批評家の一人であることを、今一度明らかにした」と書いている。そしてルイスの知的誠実さ、すなわち「見せかけを崩す」ために同時代人たちが目を背け隠そうとする問題に深く切り込んでいることを評価する。(6)

これらの同時代の『白い輩』についての論評は、後にナチス支持へとつながるルイスの白人としての自意識の揺らぎと危機感が、決して極右思想の持主に限られたものではなかったことを明らかにしており、さらにそうした動揺と危機感が白人の間でいかに広く共有されていたかを物語っている。特に白人の「羞恥心」に言及している論評は、すでに引用したルイスの言葉、すなわち当時の白人が「彼には理解できない、彼の背後から見つめる存在を意識する」ことを与儀なくされている、という有色人種の視線を意識した彼の発言の妥当性を示唆する。このことを踏まえるなら、非白人の存在と視線を強く意識するがゆえにルイスが傾倒する分離主義的な姿勢、非白人との接触そのものを避けようとする彼の姿勢が広く同時代の白人たちに共有されていた可能性について、同時代のテクストをさらに掘り起こし検証する必要があるように思える。

註

（1）デイヴィッド・エアーズはルイスの反ユダヤ主義を国際的な文脈で歴史的に考察しており、『白い輩』について短く言及している（Ayers 169, 170-171）。ネイサン・ウォデルはルイスとジャズの関わりを、主に『神の猿たち』（*The Apes of God*, 1930）に焦点を当てて論じている。ローラ・ウィンキールは、ジプシーとアフリカ系アメリカ人のジャズバンドが演奏をし、異種混交的な交流が行われた当時流行のキャバレーと、ルイスがヴォーティシズムのために編集した雑誌『ブラスト』との関係を探っている。アンジェイ・ガシオレックはルイスのプリミティビズムと西欧の没落への関心についての論考を書いている。彼は『白い輩』についても短い言及を行っているが（Gasiorek 97-98）、彼の主な関心はルイスとD・H・ロレンスとの関係であり、ルイスのアンダソンならびにハーレム・ルネッサンスとの関係については検討されていない。

（2）ダニエル・カッツは間大西洋的な文脈でモダニズムを論じた著書において、ガートルード・スタインおよびアメリカの言語とルイスとの関係を検証している（Katz 95-117）。また上述のデイヴィッド・エアーズ、ネイサン・ウォデル、ローラ・ウィンキールはそれぞれ研究対象を国際的な文脈において捉えている。一方、中山徹はウィンダム・ルイスとW・E・B・デュボイスの著作を比較検討しており、本稿と関心の対象が重なるが、中山の論考で行われているのは二人の思想の違いについての静態的な比較であり、二人の間の相互交渉については目が向けられていない。

（3）「英国の立体派振ふ」『萬朝報』一九一四年五月五日。野口米次郎「倫敦で見た新派の絵画」『三田文学』六巻三号（一九一五年三月）、一八二頁

（4）"The Negro in Art: How Shall He Be Portrayed. A Symposium," *The Crisis: A Record of the Darker Races* 31.6 (April 1926): 278-80; *Crisis* 32.1 (May 1926): 35-36; *Crisis* 32.2 (June 1926): 71-73; *Crisis* 32.4 (August 1926): 192-194; *Crisis* 32.5 (September 1926): 238-39; *Crisis* 33.1 (November 1926): 28-29.

（5）*Negro World*, 11 October, 1919. 以下の著作に転載。Robert A. Hill, ed. *The Marcus Garvey and Universal Negro Improvement Association Papers* vol.2, pp.41-42. このガーヴェイの論説は彼がＵＮＩＡの集会で行った演説に基づいており、その演説が起こした反響についてはセオドア・ヴィンセントの著作で説明されている（Vincent 31-32）。

（6）"The 'Poor White.' Mr. Wyndham Lewis's Paradox." *Times*. May 17, 1929; "The Poor White. *Paleface: The Philosophy of the Melting Pot*. By Windham Lewis." *Spectator*. June 8, 1929.

第三章　つきまとう『暗い笑い』
――『春の奔流』の文化的位置取りと、反復されるトラウマ

一．はじめに

本章ではアンダソンの小説『暗い笑い』（*Dark Laughter*, 1925）とヘミングウェイによるそのパロディ小説『春の奔流――偉大なる人種の消滅に敬意を表すロマンティックな小説』（*The Torrents of Spring: A Romantic Novel in Honor of the Passing of a Great Race*, 1926）の関係を、同時代の文化抗争における両作家の位置、そして両テクストの内的関連という二つの面から考察する。

現在では失敗作の烙印を押されている『暗い笑い』のパロディとして書かれた、『春の奔流』に対するヘミングウェイ研究者の関心は概して薄い。これまで一般的に言われてきたのは、アンダソンの影響を受けた作家と見なされるのをヘミングウェイが厭い、アンダソンとの違いを明確にするために彼が『春の奔流』を書いたということである。さらにその出版をめぐる思惑として、ヘミングウェイがアンダソンとゆかりの深いボニ・アンド・リブライト社との出版契約を反故に

し新たにスクリブナー社との契約を結ぶために、ボニ・アンド・リブライト社から出版されたばかりの『暗い笑い』を痛罵するパロディを書いたのだという説明もなされてきた。いずれにせよ研究者の既存の見方では、ヘミングウェイがパロディ小説を書くことによってアンダソンから距離を置こうとしたのは二人の個人的な関係という次元で捉えられ、また『春の奔流』と『暗い笑い』の内的な関連についてはこれまで仔細な検討は行われていない。[1]

それに対し本章で主張したいのは第一に、『暗い笑い』を受けてヘミングウェイが『春の奔流』を出版したのは、一九二〇年代の文化闘争における、彼自身の立場を明確に打ち出す宣言的な意味合いがあった、ということである。英国の文化支配から脱却し多民族国家アメリカ独自の文学を生みだそうとする陣営にアンダソンが属したのに対して、ヘミングウェイはアンダソンとは一線を画し、アンダソンが属する陣営とは対立する姿勢を『春の奔流』において鮮明に示したと言える。

第二に、ヘミングウェイが『暗い笑い』を激しく攻撃したのは、これまで一般に考えられてきたようにその黒人表象の愚かしさのためというよりむしろ、その小説で描かれる白人の姿に強い反発を抱いたからだ、ということを示したい。より具体的に言うと、第一章の後半ですでに見たような、黒人たちの嘲笑を受ける白人男性フレッドの無力で惨めな姿に対して、ヘミングウェイは激しい拒絶反応を『春の奔流』で露わにしている。彼の拒絶反応は、フレッドが自分と同じ白人の男性であるからというだけでなく、フレッドが奇しくもヘミングウェイと同じく、戦争でトラウマを負った元兵士という設定になっていることに由来すると考えられる。そして『春の奔流』に表れているヘミングウェイの反応は、嘲りの装いとは裏腹に、彼が『暗い笑い』を読んで受けた衝撃と動揺を示すものとなっている。

これらの事柄について、以下、順を追って論じていきたい。

二．文化抗争におけるアンダソンとヘミングウェイの位置取り

（一）英国的伝統からの脱却を目指すアンダソン

批評家マイケル・ノースは、彼の言葉を借りると「多文化的理想」と「人種的・言語的多様性」に基づき新たなアメリカ文学を創出しようとする陣営と、それに対立する守旧派との文化的闘争が一九二〇年代前半から繰り広げられていたと論じている（North 135）。この新たな文学を志向する陣営の中心は、ユダヤ系の作家・批評家ウォルド・フランク、彼とともに文芸誌『セブン・アーツ』（*Seven Arts*）を創刊した面々、そして批評家でジャーナリストのH・L・メンケンである（North 127-146）。そしてこの多文化的理想にもとづいて新たなアメリカ文学の創造を目指す陣営にアンダソンは加わっていたと言っていい。一方作家になるため最初にアンダソンの薫陶を受けたヘミングウェイは、アンダソンに近い立場から出発しながらも、彼の影響からの脱却を目

指すようになると、彼が属する文学的陣営との対立的立場を鮮明にし、そうした陣営とは一線を画すのである。これまでもっぱらヘミングウェイのアンダソンとの個人的競合関係というかたちで理解されてきた『春の奔流』の創作を、このように広く同時代の文化闘争の一部としてまず捉え直すことにしたい。

一九一五年にヴァン・ウィック・ブルックスによる先駆的な文学論考『アメリカ成年に達す』（*America's Coming-of-Age*）が出版されると、英国的伝統から独立したアメリカ独自の文学創造を求める機運が一気に高まる。ブルックスは、その著作の中で「民衆の、賞賛に値する特質のすべてがその中にまとまっている」と彼がいう「国民文化」がアメリカではいまだ十分に育っていないのを憂い（63）、ホイットマンやマーク・トウェインに萌芽が見られる国民的な文学が創造されることへの期待を語っている。そのブルックスや他の何人かの著作家たちと一緒に、ウォルド・フランクが中心となって創刊したのが、アメリカ独自の文学創造を目指す文芸誌『セブン・アーツ』である。『セブン・アーツ』が掲げた目標はブルックスによる評論記事「若きアメリカ」（"Young America"）によく表れており、その評論では「植民地的な支配体制」つまりはイギリスの文化支配からの脱却の必要性が訴えられている（145）。

そしてウォルド・フランクが一九一九年に出版した評論『我々のアメリカ』（*Our America*）においては、英国文化支配からの脱却の訴えはノースのいう人種的多様性と多文化的理想を讃える色彩を色濃く帯びてくる。フランクは、大きな反響、賛否両論を引き起こしたこの評論において、英国系アメリカ人の伝統、彼が言う抑圧的な「ピューリタン」の文化がアメリカを支配しており(28)、その支配的文化は先住民の文化を破壊し、また英国系アメリカ人以外の移民たちはこの主流文化への同化を強いられてきたと論じている。彼がいうには、ピューリタンの文化は「安逸と楽しみを犠牲にすること」を求める「厳格な禁欲主義」によって特徴づけられ、その文化が合衆国を形作ってきた(19)。だが例外的にサンフランシスコでは「中国人、日本人、メキシコ人とスペイン人、イタリア人のおかげで」、つまり「非アングロ・サクソンの要素のせい」で、ピューリタン的な文化とは異なる「より陽気な様相」が見られる、という(105)。一方合衆国とは対照的に、メキシコをはじめラテンアメリカにおいては、先住民の文化とスペイン人の文化は混じり合い、それが文化的豊饒性をもたらしている、と彼は考える。「アメリカ人たちは吸収も学びもしなかった」のに対して、「メキシコ人たちはインディアンと出会い、彼らから学んだ。メキシコ人の生活で美しいものはすべて古代のインディアンの文化にはっきりした源がある」と説明し、「インディアンとスペイン人の真の結合が、その土地の文化をもたらした」と力説する(96)。

そしてこの『我々のアメリカ』の中でフランクは、抑圧的なアメリカ主流文化に反逆する新たな文学の担い手として、シャーウッド・アンダソンを取り上げ激賞している。それだけではない。アンダソンは、『セブン・アーツ』誌でフランクをはじめとする創刊者たちが目指す文学の旗手として支持され、のちに『ワインズバーグ・オハイオ』の一部となるいくつかの短編をその雑誌に掲載してもらっていた。そしてその『セブン・アーツ』の創刊者たちと交際し、交流を深めていたのだった。

アンダソンはフランクと『セブン・アーツ』誌の面々に支援され親密な関係を築いただけでなく、彼らが掲げる文学的理想に共鳴したのは確かである。一九二四年に出版した自伝的な著作『ストーリー・テラーのストーリー』（*A Story Teller's Story*）においてアンダソンは、ニューヨークに来たときそこにいる『セブン・アーツ』の面々と会いたいと望んでいた、と語り、次のように回想している。

ヴァン・ウィック・ブルックス氏がそこにはおり、彼の著作『アメリカ成年に達す』に私は深く心を動かさていた。彼はウォルド・フランク氏、ポール・ローゼンフェルド氏、ジェームズ・オッペンハイム氏やその他の人たちと共に、雑誌『セブン・アーツ』を創刊したばかりだった〔……〕その雑誌は私の作品のいくつかを発表すると申し出てくれただけでなく、その編集者たちは私に、彼らに会いに来るように頼んだのだった。

私は行きたかったが同時に少し怖かった。その頃、アメリカにおける新たな芸術的覚醒について海外で大いに話題にされていた。ウォルド・フランク氏の『我々のアメリカ』はちょうどその頃に準備されていたに違いない。（348）

このようにブルックスやフランクは彼らの陣営が標榜するアメリカ独自の文学創造という理念においてアンダソンを惹きつけていた。

そしてほぼ同時期にウォルド・フランクをはじめとする『セブン・アーツ』の創刊者たちと並んで英国の文化支配からのアメリカ文学の独立を訴えていたオピニオン・リーダーがH・L・メンケンであり、彼が唱えるあるべきアメリカ文化もまた、フランク同様に多文化的理想に基づくものであった。メンケンは、英国系アメリカ人の伝統こそが由緒正しきアメリカ文化であると見なす保守派の知識人たちの考えを、第一次世界大戦のあと徹底的に糾弾する論陣の先頭に立っていた。メンケンのそうした戦闘的立場は、もともと同時代のアメリカ社会への歯に衣着せぬ批判を行っていた彼が第一次世界大戦中、対戦国ドイツ系の血統を引いていることを理由にマスメディアで保守派から激しい攻撃の対象にされた経験に由来する（Scruggs, *Sage* 52-53）。そしてメンケンは一九一九年に出版しその後何度か改訂版を出した彼の代表的著作、『アメリカの言語』（*The American Language*）の中で、イギリスの伝統的な書き言葉とは異なるアメリカの話し言葉、口語の独自性と活力を称賛している。そのためアメリカ英語を正しいイギリス英語からの逸脱、矯正すべき過ちと見なす考え方に反対して、「アメリカ人のように血統において雑種となった人々（a people grown so mongrel in blood）」に正しいイギリス英語を習得させようとするのは無益だという考えを支持する（29）。そして彼はアメリカ英語の「野蛮さ（barbarism）」（13）と「卑俗さ（vulgarity）」（38）をけなす長年のイギリス人たちによる見方を逆手にとり、そうした野蛮さあるいは卑俗さを帯びたアメリカ英語には、イギリス英語にはない「活力（vigor）」（17）があると論じる。さらにそうした活力あるアメリカ口語英語に基づいてアメリカ独自の文学を生み出した先駆者としてホイットマン、マーク・トウェイン、カール・サンドバークを称揚し（19-20）、アメリカのイギリスからの「文学的独立（Literary Independence）」（24）への熱い思いを語る。そしてこの著作の中でメンケンは、イギリス英語以外の言葉からアメリカ英語にもたらされた「貢献（contributions）」（106）を探ろうとしており、古くはアメリカ先住民の言葉、北米植民地のフランス語やスペイン語からの影響、そして十九世紀後半からアメリカに流入したイギリス以外の国々からの移民たちの言葉がアメリカ英語の語彙と表現を豊かにしたさまを多くの具体例を挙げて説明している。

アンダソンはこのメンケンの思想にも、アメリカ独自の文学創造という点において深く共鳴し、『暗い笑い』では先に挙げた雑誌『セブン・アーツ』の創刊者の一人ヴァン・ウィック・ブルックスと共に名前を挙げて主人公に称賛の言葉を述べさせている。そしてその称賛の言葉は、多民族の文化が混じり合うアメリカへの礼賛と一つになっている。主人公ブルースは彼が感化されたアメリカの著名人たちを列挙する中で「ヴァン・ウィック・ブルックス」と「ヘンリー・メンケン」は「素晴らしい本を書いた」（76）と語り、そしてアメリカ南部を旅してアフリカ系アメリカ人たちが口ずさむ歌に強い印象を受け、次のような思索をめぐらす。

他のみんなが彼に色を加えてくれる。すると混合物ができる。彼自身が混合物だ(Himself the composition)[……]褐色の男性、褐色の女性の意識がますますアメリカ人の生活の中に入ってきている[……]そしてまた、彼の中にも入ってきているのだ。(74)

自分自身を「混合物」と見なし、「褐色」の男女の意識がアメリカ人と自分自身の中に入り込んでいることを肯定的に捉えるこの主人公の言葉は、作者アンダソンがメンケンらとともに、多文化的な理想を掲げアメリカ文学の英国的伝統からの独立を訴える陣営に与していたことを示している。もっとも、本書の二章で論じたようにアンダソンが実際のところアフリカ系の著作家たちとの関わりに巻き込まれながら彼らと距離を置こうとしたことを考えると、アンダソンのこの多文化的理想への共感はかなり抽象的な次元に留まるものであり、彼の姿勢には限界、そして理念と行動との不一致あるいはねじれがあったことは否めない。

それでもアンダソンが少なくとも『暗い笑い』出版の時点までは、英国的伝統を重んじる守旧派と多文化的理想を掲げる陣営との間の文化抗争において後者の陣営に属していたことは確かであり、彼の立場そのものには曖昧さはなかったと言っていいはずである。アンダソン本人が『暗い笑い』で主人公の言葉を通して多文化的理想への共感を表明しているというだけではない。『暗い笑い』出版に先立ち彼は守旧派からはすでに、多文化的理想を掲げる陣営の一員と見なされ標的にされていた。一九二〇年代の文化闘争における守旧派の代表格の一人である批評家ステュアート・シャーマンは、英国的伝統を受け継いできたピューリタンの子孫たちの文化こそが由緒正しきアメリカ文化であることを訴える評論において、アンダソンについて批判的に言及している。「メンケン氏と若者、そして文学における新しい精神」と題されたその評論は、新しい世代のアメリカ人たちが「かつて優勢だったピューリタンの血統の痕跡」をわずかにしか留めておらず、「ピューリタンの気質」を全く示していないことを嘆き（2）、その新世代の愛読書としてアンダソンの著作を挙げている（4）。アンダソンは、英国系アメリカ人が受け継いできた伝統こそが真正なるアメリカ文化だと考える守旧派と多民族的理想を掲げる陣営との文化闘争の中で、後者の陣営に属していると自他ともに認める存在であったと言える。

（二）アンダソンと多文化的理想を掲げる陣営からの、ヘミングウェイの離反

ここまでアンダソンについて確認してきたことを踏まえて、次にヘミングウェイを、彼のアンダソンとの関係を軸に新旧二つの陣営の文化抗争の中に位置付けてみたい。それによって、ヘミングウェイが最初はアンダソンに近い立場におり、アンダソンが属する陣営から『春の奔流』の出版を契機に離反したことが分かるはずである。

ヘミングウェイの作家としての出発点は、アメリカの文化的独立を目指す陣営の文学観を、アンダソンの導きによって学ぶこととともに始まった、と言える。マイケル・レノルズが入念な伝

記的研究によって示しているように、アンダソンはウォルド・フランクの『我々のアメリカ』やブルックスの『アメリカ成年に達す』といった本を紹介し、それによって「初めてヘミングウェイは文学的ナショナリズムにさらされた」のだった。それに加えアンダソンが、それまでヘミングウェイが読んだことがなかったメンケンやドライサーを個人的にもよく知っていたことに触れ、レノルズはヘミングウェイの文学的覚醒を次のように説明する。

アンダソンは彼にトゥエインとホイットマンは自国の土壌に根を伸ばした二人のアメリカの偉大な作家だ、と言った。この「アメリカの」作家であるという考えは、ヘミングウェイには目新しいものだった。というのも、彼のオークパークでの教育は、イギリスの伝統だけを強調していたからだった。(Reynolds, *Young Hemingway* 183)

そしてこの覚醒の結果、ヘミングウェイは突然、『ポエトリー』(*Poetry*)やメンケンが発行していた『アメリカン・マーキュリー』(*American Mercury*)といった雑誌を読み始めたのだった(Reynolds 183)。

しかしながらヘミングウェイは、アンダソンの文学的影響からの脱却を求めるようになるとともに、そのアンダソンが属する文化陣営、アメリカ文学の英国的伝統からの独立を訴える陣営に対立する姿勢を示し始める。

彼は一九二三年十一月二十五日にエドマンド・ウィルソンに宛てた、アンダソンと自分との違いを強調する手紙の中で、「彼の作品はひどくなってしまったようです。たぶん、ユダヤ人たちなどが、彼がどんなにすばらしいか彼に言い過ぎたからでしょう。」と書き送っている（*Letters of Ernest Hemingway* 79）。

この手紙の「ユダヤ人たちなど（Jews etc.）」というのは、アンダソンを自分たちが目指す革新的なアメリカ文学の担い手と見なして支持した、ウォルド・フランクをはじめとする『セブン・アーツ』の創刊者たちを指すものと思われる。というのも、本章ですでに引用した自伝的著作でアンダソンが列挙している『セブン・アーツ』の創刊者は、ブルックス以外はフランクも編集長のジェームズ・オッペンハイムもポール・ローゼンフェルドもすべてユダヤ系アメリカ人だったからである。もちろんこの手紙だけでは、フランクを筆頭とする非英国的な文学を志向する陣営をヘミングウェイは念頭に置いて批判をした、とは言い切れない。しかしながらこの手紙は少なくとも、ヘミングウェイにとってアンダソンの影響からの脱却が、アンダソン個人だけではなく彼を取り巻く批評家たちも同時に視野に入れたものであることを示している。

さらにヘミングウェイは、この手紙と同じく一九二三年に書かれた詩の中で、フランクを筆頭に、新たなアメリカ文学の創造を訴えていた陣営の担い手たちをはっきりと名指しで批判している。その詩は、小説『日はまた昇る』（*The Sun Also Rises*, 1926）の題材ともなるスペイン旅行の一つを下敷きにしたものである。その詩でヘミングウェイは、スペインで降り続く雨、祭りの白装束を着た踊り手たちなどの情景を書きつづったあと、民主主義はたわごとだ、相対性はたわごとだ、など次々に罵倒するものを挙げていき、そして

メンケンはたわごとだ／ウォルド・フランクはたわごとだ／『ブルーム』はたわごとだ
（Mencken is the shit. / Waldo Frank is the shit. / The Broom is the shit.）（*Complete Poems* 70）

と批評家メンケン、ウォルド・フランク、さらに文芸誌『ブルーム』（*Broom*）の名を並列する。一括りにされて否定されているこの三者は共に、英国やヨーロッパの伝統からは独立したアメリカ文学の創造を目指す立場に立ち、本章で再三言及してきた多文化的理想を掲げる陣営に属している点で共通している。メンケン、フランクについてはすでに説明した通りだが、文芸誌『ブルーム』もまた、フランクやメンケンと同じく多文化的理想を掲げる陣営の一翼を担っていたことをマイケル・ノースが論じている（North 127-28）。そしてその『ブルーム』を私財を投げうって創刊したのは、ユダヤ人作家であり、極めて興味深いことに、『日はまた昇る』で軽蔑的に描かれるロバート・コーンのモデル、ハロルド・ローブであった。

ローブが目指した方向性は、彼が『ブルーム』に一九二二年に発表した評論によく表れている。彼は「アメリカの文明が、ヨーロッパと同じ地点から出発し、兄弟のような我々の一族の一員として、偉大なる西洋の伝統を継続すべきだ」と考える知識人たちに対して批判を展開し（Loeb,

"Mysticism" 115)、アメリカ独自の文化の発展への期待を語っている。そして、アメリカは「その自然な歌い手、黒人たちの働きかけによって、リズムを再発見したのであり、その黒人たちの働きかけは、西洋世界の横隔膜を振動させている」と述べ、アメリカから発信される新たな文化の代表として、ジャズを賞賛する（123）。

またローブは、ウォルド・フランクとメンケンにかなり感化されていたようである。彼の回想録では、フランクの著作への深い関心と敬意が度々語られているし（Loeb, *Way* 82, 89, 99, 146）、『ブルーム』ではフランクのいくつかの短編が発表されるとともに、フランクについての評論も掲載されている。また回想録には、初対面のアイルランドの詩人とメンケンについて熱い議論を交わしたことが記されており、その議論の中でメンケンについてやや批判的な発言もしているが、それでもその発言はメンケンが目指したアメリカの文学的独立の方向性そのものを否定するものではなく、その独立をさらに徹底したものにする必要性を訴えたものである。「メンケンは、創作した作品がヨーロッパの文化に由来するアメリカ人たちを高く評価し、独特のアメリカ的な表現を過小評価する傾向がある、と私は言った。」そして「そうした態度は『有害』である、なぜならそれは紛れもないアメリカ的な表現の発展を妨げ、土地の多様性と生命の豊かさを奪うからだ」と説明する（Loeb, *Way* 48）。

このローブの雑誌『ブルーム』とメンケン、フランクをヘミングウェイは自作の詩で一まとめにし、「たわごと（the shit）」という一言で一刀両断したわけだが、その三年後に発表した『春の奔流』では、パロディの対象であるアンダソンとともに、メンケンを攻撃の的にしている。それに加えて、『春の奔流』と同時期に並行して執筆された『日はまた昇る』では、メンケンとさらには『ブルーム』の発行者ローブをモデルとした登場人物ロバート・コーンを、メンケンに感化された愚かな似非文学者として嘲笑の対象にしている。

まず『春の奔流』から見ていくと、ヘミングウェイは『春の奔流』の二人の主人公のうちの一人、同時代の知的流行にかぶれた凡庸な作家志望のスクリップスを、自分自身とは民族的出自が異なる、そしてパロディの元である『暗い笑い』にはないイタリア系アメリカ人という設定にした上で、その男がメンケンに感化されているのを戯画化し揶揄する。

スクリップスはメンケンが編集する雑誌『アメリカン・マーキュリー』を愛読し、さらに「メンケンが私を自分のものにしようとしている」と吹聴して、自分が有望な作家としてメンケンに注目されているのを喧伝する(18)。そしてイギリスからの文化的独立を目指す陣営に同調するように、イギリス人による世界の他地域の支配を批判し、当時イギリス人や英国系アメリカ人を包含するカテゴリーとして頻繁に使われていた「ノルディック」という言葉を用いて「ああ、あのイギリス人たち。彼らは地球上のすべての表面を旅した。彼らは自分たちの小さな島にとどまることに満足できなかったのだ。帝国の夢に取りつかれた奇妙なノルディック。」と考えるのである(19)。スクリップスの言葉遣いは感傷的な内省に陥りがちなアンダソンの文体のパロディとして『春の奔流』で提示され、頻繁に「ああ(Ah.)」という感嘆を示す間投詞が用いられるのだが、今引用したヨギの言葉においてもまさにその間投詞を使って、大仰な感嘆を伴う彼の思索が戯画化されている。このようにヘミングウェイはスクリップスのメンケンへの心酔、そして英国的伝統への批判的姿勢から距離を置いてそれらを嘲っており、さらにその一方でスクリップスのそうした考えが浅薄な流行に影響された、一過性のものでしかないことを強調する。『春の奔流』の終盤において、スクリップスと恋仲にあった女性が彼の気を引こうとして『アメリカン・マーキュリー』に掲載されたメンケンの記事を話題に出すと、その女性にもメンケンに対してもすでに興味を失ってしまっているスクリップスは、「メンケンなんてもうどうだっていい」とそっけなく応じる（83）。

そしてアンダソンを標的として書かれたこのパロディ小説『春の奔流』が、同時にメンケンをもう一人の標的としていることを明示するように、ヘミングウェイは『春の奔流』という書の全体を、草稿段階の扉ページでは皮肉たっぷりに「捧ぐ／H・L・メンケンへ／敬意をこめて」と書いている。(2)

さらに『春の奔流』と同時期に並行して書かれた『日はまた昇る』でも、メンケンへの攻撃がなされている。そしてその攻撃は、メンケンと文学理念を共有する『ブルーム』の創刊者ハロルド・ローブをモデルとする作中人物、ロバート・コーンへの批判と一体になったかたちでおこなわれているのである。コーンがパリを嫌っていることに主人公ジェイクは思いをめぐらせ、次のように考える。

コーンがあんなふうにパリを楽しめないのは、どこから来ているのだろう。たぶんメンケンからだ。メンケンはパリが嫌いにちがいない。非常に多くの若者が、自分たちの好みと反感をメンケンから得ている。(42)

このようにメンケンの読者への悪しき影響が語られる一方で、今ちょうど確認した『春の奔流』のスクリップスへの揶揄の場合と同じく、その影響が一過性のものであり単なる一時的流行に過ぎないことが印象づけられている。コーンがメンケンから受けた影響についてのジェイクの考えが示されたすぐ後に、ジェイクがアメリカ人の友人と雑談をする場面が続き、その雑談でジェイクは現在のアメリカでのメンケンの動向について友人に尋ねる。すると友人は「彼は今ではすっかり駄目になってしまった」と答え、「今では誰も彼の書いたものを読まない」と言う(43)。

メンケン、そして彼の思想に共鳴するアンダソンは、アメリカでイギリス的伝統に固執する主流派の文化に抗い、多民族国家にふさわしい新たなアメリカ文学を創造しようとする革新的な陣営の担い手であったわけだが、『日はまた昇る』の出版により新世代の代表格となるヘミングウェイは、そのメンケンとアンダソンの二人がすでに時代遅れの存在になってしまったことを、『日はまた昇る』、そしてそれと同時期に書かれた『春の奔流』によって強く印象づけようとしたと言えるだろう。

ここまで見てきたようにヘミングウェイは、アンダソン周辺の「ユダヤ人たち」の批評家を批判し「たわごと」を一刀両断する詩を書いた一九二三年から、『春の奔流』『日はまた昇る』を出版する一九二六年までの間にかけて、アンダソンからの脱却を公に示そうとする企てと並行して、あるいはそうした企てと一体となったかたちで、ウォルド・フランク、H・L・メンケンをはじめとする、英国的伝統からの独立を訴え、多文化的理想を掲げる陣営からの離反を明示していることが分かる。

(三) ヘミングウェイのルイスへの共感と、ハーレム・ルネッサンスとの隔たり

アンダソンからの離反とともに、メンケンを代表とする文化的陣営からの離反を強く印象づけた『春の奔流』についてのヘミングウェイによる説明は、その離反が、自分が白人であることを強く意識する彼の人種的アイデンティティに根ざすものであることを示唆する。というのもその説明からは、彼のアンダソンたちへの反発が、自分の所属する共同体が白人たちの集まりである、すなわちイギリス人をその中に含む、「アングロサクソン」「ノルディック」などといったカテゴリーで括られる白人の集合体であるという認識と不可分に結びついていることがうかがえるからである。彼が一九二七年十月二七日にウィンダム・ルイスに書き送った、評論「白い輩」

（"Paleface"）で『春の奔流』を高く評価してくれたことへの礼状の中で、(3) ヘミングウェイは次のように述べている。

私はあなたが『春の奔流』を気に入ってくれて非常に嬉しかったです。それから、あなたが「白い輩」でインディアンと黒人への熱狂を非常にうまく破壊してくれたと思います。我々自身（それが何であれ）とは別の人種に属する人間の高貴さというものについての例の愚かなたわごと（That terrible shit）は食い止めるべきです。（*Selected Letters* 264）

ウィンダム・ルイスはカナダに生まれイギリスに移住した白人であり、その彼に呼びかける「我々自身」という手紙の中の言葉は、アメリカ人やイギリス人といった国籍に関係なく、英国系の白人をひとつのまとまりと見なし、自分がその集団に属していると考えるヘミングウェイの捉え方を示している。この点においてヘミングウェイは、イギリスの文化的支配から独立し、多民族の集合体としてのアメリカ独自の文化を切り開こうとしたフランク、メンケン、アンダソンとは対照的と言える。

さらにこの手紙において「黒人への熱狂」なるものへのルイスの攻撃をヘミングウェイが称賛し同調しているのは看過するわけにはいかない。本書の第二章で確認したように出版された『白い輩』の中でルイスは、黒人たちの勢力拡大の動きを警戒しつつ、一方でそうした黒人たちに接近し彼らを勢いづかせる白人たちを糾弾し、白人文化を黒人文化と切り離す分離主義者としての考えを鮮明に打ち出している。後にナチスを支持するほどの極右思想に傾倒するルイスの人種観にヘミングウェイがはたしてどれほど共鳴したのかは定かではない。それでも手紙でのヘミングウェイの同調ぶりからは、彼が『春の奔流』出版まで攻撃を続けていたメンケンやウォルド・フランクらが掲げる多文化的理想よりむしろ、ルイスが表明する白人と黒人との文化の隔離の主張に対してより抵抗感が少なかったことがうかがわれる。

実際、メンケンやフランクら多文化的理想を掲げる陣営は、ヘミングウェイが一九二三年の詩で彼らを攻撃した頃から一九二六年に『春の奔流』を出版する頃までの時期、黒人への関心と関わりを表明し、特にハーレム・ルネッサンスの興隆を支援する役割を果たしていた。その詳細については以下で確認していくが、何にせよ、ルイスへの手紙でヘミングウェイが否定的に言及する「黒人への熱狂」とは、彼が一線を画そうとしていた陣営の著作家たちに顕著であった、こうした黒人に接近する動きを指すものであり、ヘミングウェイ自身はこうした動きに反感を抱き、対立する立場を取ったと考えられる。

ちなみに、ヘミングウェイとハーレム・ルネッサンスとの相互関係を明らかにしようとした論集『ヘミングウェイとブラック・ルネッサンス』の寄稿者の一人であるライト‐クリーブランドは、トゥーマーの『砂糖きび』とヘミングウェイの『我らの時代に』に収められた諸短編におけるテーマ上の共通性、主には人種というテーマをめぐる共通性を指摘することによって、論文表題にあるように、二つの短編集の間の「文学的対話（a literary conversation）」を示そうとしている（Wright-Cleaveland, "Cane"151）。またその論集の編者であるホウルコムは別のところで、『砂糖きび』がヘミングウェイの文学に影響を与えた可能性について触れている。共同執筆のヘミングウェイ解説書において「人種とエスニシティ――アフリカ系アメリカ人」いう章を担当して彼は、アンダソンがスタインに『砂糖きび』を読むように勧めていた事実に言及し、アンダソンもスタインもヘミングウェイの師匠だったから、ヘミングウェイもトゥーマーの本を知っていたはずだと推論し、「ニュー・ニグロの文学者たちとロスト・ジェネレーションの前衛作家たちは緊密な相互影響を与え合っていた」と力説する。（"Race" 311）

作家たちの人脈を考えた場合、ヘミングウェイがハーレム・ルネッサンスと意外に近い位置にいたのは確かである。だがハーレム・ルネッサンスあるいはその旗手であったトゥーマーとヘミングウェイとの間に直接的な繋がりあるいは接点を見出そうとするホウルコムらの見解とは逆に、ここでむしろ強調したいのは、ヘミングウェイのハーレム・ルネッサンスからの隔たり、あるいは意図的であるにせよ無自覚的であるにせよその没交渉ぶりである。単行本の『白い輩』でハーレム・ルネッサンスの複数の作家を名指し白人への脅威として捉えているルイスとは異なり、ヘミングウェイがハーレム・ルネッサンスをどの程度意識していたのか、どう捉えていたのかは定かではない。それでもヘミングウェイが、黒人に関心を抱きハーレム・ルネッサンスを支援した白人著作家たちに敵対し距離を置こうとしたのは紛れもない事実であり、そうした白人たちへの敵対的姿勢によって間接的にはハーレム・ルネッサンスから遠ざかる結果につながったと考えられるように思う。

ヘミングウェイが攻撃した白人著作家の筆頭、メンケンについてまず確認しておくと、イギリスの文化的伝統からの独立を訴えアメリカ独自の文学創出を望んでいた彼は、チャールズ・スクラッグスがその著書『ハーレムの賢人――H・L・メンケンと一九二〇年代の黒人作家たち』（*The Sage in Harlem: H. L. Mencken and the Black Writers of the 1920s*, 1984）で詳細に論じているように、アフリカ系アメリカ人の作家に作品出版の機会を提供し、また直接的な交流や書評を通して活躍を後押しする支援者の役割を果たしていた。一九二〇年には雑誌『スマート・セット』（*Smart Set*）に寄稿した書評で、「出現のために今懸命に努力している、アフリカ系アメリカ人の小説家の新たな一派（the new school of Aframerican novelists, now struggling heavily to emerge）」への期待を語っている（Scruggs, *Sage* 64; Menchen, "Notes in the Margin"139-140）。そして彼が編集長を務めていた雑誌『アメリカン・マーキュリー』に一九二四年カウンティ・カレンの詩を掲載している（Scruggs 38）。さらには、ハーレム・ルネッサンスの開花を世に知らしめたアフリカ系アメリカ人作家たちの作品集『ニュー・ニグロ』（*The New Negro*）が一九二五年後半に出版されると、それから間もない一九二六年二月号の『アメリカン・マーキュリー』書評で、アメリカの新時代の書としてその作品集を称賛している。メンケンいわく、過去の黒人著作家たちの「劣等感（inferiority complex）」から新世代の作家たちが完全に開放されたことをその書は明らかにしており、寄稿者たちは黒人であることの「誇り」、「一つ以上の点において黒人は白人たちよりも優れているという教義（doctrine）」を提示していると説明する（"Aframerican" 254）。そしてその新たな動きを歓迎するのである。

ヘミングウェイが詩の中でそのメンケンと並べて「たわごと」という一言で切り捨てたウォルド・フランクは、その詩が発表されたのと同じ一九二三年に刊行された、トゥーマーの『砂糖きび』を草稿段階で読み丁寧に助言を行っていた。フランクとトゥーマーの二人は、文化抗争において同じ陣営に属することを意識し合っていたと言っていい。フランクの著書『我々のアメリカ』を攻撃する書評に対し、トゥーマーはフランクを擁護する評論を発表している。ユダヤ人であるフランクがアメリカ主流文化を批判する書を出したことに反発した作家のメアリ・オースティンが否定的な書評を出したのに対し、トゥーマーは評論で彼女の主張の背後にある人種偏見を暴いたのだった。（Scruggs and VanDermarr 230）この評論を書いた後、トゥーマーはフランクと手紙で人種と文化について率直で濃密な議論を交わしている。トゥーマーは、『我々のアメリカ』では言及されていなかったもう一つの「非アングロ・サクソン」の要素として、「黒人」の存在への注意を促し、フランクに送った手紙の中で「『我々のアメリカ』にあなたが黒人（the Negro）を含めていないのは残念でした。そのことに関して、よく不思議に思います。」と感想を伝えている（*Letters* 31）。この指摘によって黒人の存在を強く意識するようになったフランクは、トゥーマーの知古を頼って南部の町にトゥーマーと二人で一緒に調査旅行に出かけ、そこでの経験をもとに、人種差別の下で生きる黒人たちを描いた小説『ホリデー』（*Holiday*, 1923）を書き上げている。一方トゥーマーは、フランクに草稿を見せ手直しの助言をもらいながら『砂糖きび』を完成させたのだった。

　そしてウォルド・フランクの協力を得ながらトゥーマーが『砂糖きび』を世に送り出す上で欠かすことのできない役割を担ったのが、ヘミングウェイが詩の中でフランク、メンケンとともにやはり「たわごと」という一言で切り捨てた、ハロルド・ローブの文芸誌『ブルーム』である。というのも、その雑誌の創刊時の編集長を任される詩人ローラ・リッジが、まだ無名の存在であったトゥーマーと出会ってその才能を見出し、知人のウォルド・フランクに紹介したことが、フランクの協力を受けてトゥーマーが『砂糖きび』執筆を開始するきっかけになったからであり（Svoboda 180-81）、そして執筆された主要な短編のいくつかは、単行本『砂糖きび』に収められて出版する前にまず、リッジ編集の『ブルーム』において発表されたからである。一九二一年十一月創刊の『ブルーム』は、『砂糖きび』所収の幾つかの短編を一九二二年から一九二三年にかけて掲載している。北部の都市を舞台とする二番目の章の最初に置かれることになる「セブンス・ストリート」（"Seventh Street"）を一九二二年一二月号に、『砂糖きび』の冒頭を飾ることになる南部が舞台の作品「カリンサ」を一九二三年一月号に掲載、そして『砂糖きび』の全体を締めくくる要になる作品「キャブニス」を一九二三年の八月号と九月号に分けて載せている。

　トゥーマーが『砂糖きび』に収録される諸作品を執筆し発表していたのとほぼ同時期の一九二三年にヘミングウェイが、トゥーマーの作品発表の重要な媒体であった文芸誌『ブルーム』とトゥーマーの最大の援助者ウォルド・フランクを自作の詩で一蹴し完全に突き放す姿勢を明らかにしたことは、結果としてはそのフランクたちが支援するトゥーマーから、ヘミングウェイを決定的に遠ざけることになったと言えるだろう。さらにハーレム・ルネッサンスの記念碑的著作『ニュー・ニグロ』が出版された年である一九二五年の後半に執筆され、その翌年に出版された『春の奔流』と『日はまた昇る』においてヘミングウェイが、ハーレム・ルネッサンスの強力な後援者であったメンケンをもはや時代遅れの批評家として葬り去ろうとしたことは、やはり間接的ではあるがヘミングウェイのハーレム・ルネッサンスからの隔たりあるいは断絶を印づける出来事と見なすことができるように思う。

ウィンダム・ルイスによる「インディアンと黒人への熱狂」への攻撃を称賛し同調を示したヘミングウェイは彼自身の行動としては、アンダソンの『暗い笑い』のパロディ小説『春の奔流』において、メンケンに心酔する文学者きどりの男、そしてアメリカ先住民の女性との出会いによって文明生活の疲弊から回復し共に森へと消えていく男を戯画化し笑いのめしている。このような戯画化は、アンダソンら多文化的理想を掲げる陣営の面々が当時黒人に関心を向け接近していたことについての極めて単純化された見方であり、別の人種の「高貴さ」についての「愚かなたわごと」だと一蹴する彼の手紙の言葉に表れているように、高貴なる野蛮人の礼賛と見なして矮小化し切り捨てようとする少々強引とも言える試みであった。つまり、ヘミングウェイのアンダソンやメンケンの扱いは正確な理解というよりかなりいびつな捉え方であった言った方がいいように思うが、しかしその読みは大きな効果をともなう「強い読み」であったことは間違いない。というのも実際、『春の奔流』と『日はまた昇る』の出版を契機にヘミングウェイは新世代の登場を同時代の読者たちに強烈に印象づけ、アンダソンやメンケンらがもはや旧世代の書き手であると思わせることにかなりの程度成功したように感じられるからである。『暗い笑い』が今日まで失敗作の烙印を押され、アンダソンは単純素朴なプリミティビズムを信奉していたにすぎないという見方が実際にはほとんど検証されないまま受け入れられてきたという事実が、ヘミングウェイが提示した読みの効果の大きさ、成功の度合いを示している。

しかしながら、『暗い笑い』のパロディ『春の奔流』を書き上げアンダソンからの決別を果たそうとしたヘミングウェイ自身は、その『春の奔流』の執筆によって『暗い笑い』という作品を一蹴できたわけではなかったし、アンダソンの言葉から自由に解き放たれたわけでもなかった。『春の奔流』を詳しく読んでみるとむしろそこには、ヘミングウェイが『暗い笑い』から受けた衝撃と動揺が刻印されていることが分かるし、彼がアンダソンの言葉にどれほど束縛され囚われているかが見て取れる。

そこで次に、『春の奔流』に書かれている内容を『暗い笑い』との関連に注目して詳しく検討していくことにしたい。

三．『春の奔流』に見る、『暗い笑い』の衝撃

(一)『暗い笑い』の白人帰還兵の描かれ方への、ヘミングウェイの反応

『春の奔流』が、アンダソンの黒人への関心と傾斜を浅薄なプリミティビズムの現れと見なし揶揄する書であるのは疑問の余地がない。だが本書の見解として強調したいのは、『春の奔流』の執筆に際してヘミングウェイの関心を引いたのは、『暗い笑い』の黒人表象よりむしろ、その小説での白人の描き方、扱い方であったということである。『春の奔流』の目的を黒人のステレオタイプ批判だと見なす研究者たちがこれまで見過ごしてきたことだが、『春の奔流』においてはプリミティビズムへの揶揄以上に、『暗い笑い』で黒人と対比的に提示される白人像へのヘミングウェイの反応、あるいはより明確に言うと、彼の激しい反発が表明されている。

ヘミングウェイがとりわけ関心を向けるのが、主人公ブルースの敵役、引き立て役で、ブルースに最終的に妻を奪われる実業家のフレッドである。アメリカ南部で黒人の民衆文化に触れ、精神的覚醒を得るブルースとは対照的に、フレッドは黒人が道徳心を持たず無責任としか考えず(296)、自分を彼らの対極の「文明化」された存在だと見なそうとする(293)。

そしてそのフレッドの人物像は、ウォルド・フランクが『我々のアメリカ』で否定的に提示し

たアメリカの白人像、すなわち禁欲的な勤勉さによって産業の発展とアメリカの経済的覇権をもたらしたピューリタンとその末裔、アングロサクソンのイメージと重なり合う。フレッドは資本主義市場におけるアメリカという国家の競争力を信じて疑わず、自分自身はそのアメリカにおける成功者・勝者であると見なして、「ちっぽけな連中は除去される（the little fellows get weeded out）」のが競争社会の現実であり「大事なのは強大な人物のひとり（one of the big fellows）になり、自分の領域で支配力を持つことだ」と考える（275）。そしてこのフレッドの支配者としての自己満足は、この小説が提示する「アングロサクソン」についてのイメージを裏書きするものになっている。というのも、フレッドを冷めた目で見る妻アリーンによる、自分を「世界」の覇者と見なす「アングロサクソン」全般についての言葉として、「アングロサクソン、ノルディックはいつも──世界で一番──という言葉を使う。世界最大、世界戦争、世界のチャンピオン」という説明がなされているからである（139）。

しかしながら、フレッドのこうした支配者意識、社会の強者であるという自己イメージは実はきわめて脆弱なものであり、不安に囚われながらその不安から常に目を逸らそうとする態度と表裏一体であることが物語では明らかにされている。「威厳を保とうとする努力（attempt at dignity）」が彼の基本姿勢であり、妻アリーンがブルースを庭師として雇い入れたとき、彼は若い白人男性が屋敷に出入りするのを不快に思うにもかかわらず、またその後二人の間柄を怪しむにもかかわらず、「何も進行していないのは確かだ。どんなことであれ進行していると想定するのは、私の威厳にかかわる（It is beneath my dignity to suppose there is anything going on.）」と考えて、何も口出ししない（247）。そして「どんなに私が心かき乱されていないか、分かるはずだ（You see, don't you, how unperturbed I am?）私はフレッド・グレイだ、そうだろう。」と自分に言い聞かせるのである（248）。

だが何よりフレッドの脆さ、直視できない不安にいつも心を乱されている人物であることを作中で浮き彫りにしているのは、自分が黒人になったようだと口走り「暗い笑い」を発する錯乱した女性に遭遇した記憶である。この女性との遭遇場面は、本書の第一章で『暗い笑い』と『砂糖きび』の関連を論じる中で最後に言及したものであり、そしてヘミングウェイは『暗い笑い』のこの箇所、この遭遇場面でのフレッドの描かれ方に強く反応する。というのも、この遭遇場面は、帰還兵であるフレッドが戦争で受けたトラウマを明らかにするものであり、実際に戦争に行き重傷を負ったヘミングウェイとしては、当事者として特別の注意を向けないわけにはいかなかったからである。

錯乱する女性の目撃者となるフレッドは、第一次大戦に志願兵として参加した経験を持つ。そして錯乱した女性が、戦争中には政府も教会もその他の権威も嘘をついたと言い、一切の偽りを終わらせることを訴えて「殺せ、殺せ！」と叫ぶのを聞くと、フレッドの脳裏には戦争での忌まわしい記憶が甦ってくる。彼は前線を巡回中に恐怖からパニックに陥り、目の前に現われた男を衝動的に殺したこと、戦争で多くの死体を目にしたことを思い出す。そして戦争の記憶とその記憶を蘇らせた錯乱した女性の思い出は二重の心の傷となって、その何年もあとになってからも、彼の心から離れず、彼を悩ませ続けるのである。錯乱した女性の記憶、そして戦争の記憶が不意に脳裏に浮かぶと、連想によって次々に忘れたい過去の思い出が蘇り、「自分自身の思考の渦に巻き込まれ」て「思考が、風に飛ばされた雨粒のように、ぶつかって浸透してくる（thoughts driving through you like raindrops, wind-driven）」（192）。そうした状態に襲われるとフレッドは「私はあまりにも恐怖で一杯だ」と感じ、「私に必要なのは、忘れることだけ――苦労してなんとか逃げ出すことだけだ」と考える（201）。

『暗い笑い』でこの錯乱状態の女性を目撃するフレッドが、戦争のトラウマに苦しみ続けるという物語の設定に対して、ヘミングウェイは感情的ともいえる激しい反応を示す。『暗い笑い』を読んだ後ただちにそのパロディ『春の奔流』を一気呵成に書いたヘミングウェイは、帰還兵のいわゆる「シェル・ショック」についてのこのアンダソンの描写に対して、徹底的な反駁を加える。第一次大戦を経験した元兵士である『春の奔流』の主人公ヨギは作中で、『暗い笑い』における帰還兵のトラウマの描写を批判し、実際の戦争経験のないアンダソンの無知を攻撃する。ヨギの批判のコメントは極めて強い調子でまた相当な長さの紙面を割くものであり、一切の中断をはさむことなく四ページに及んでいる。

フレッドがパニックの結果として戦場で人を殺し、その行為が後にトラウマとなっていることをまず引き合いに出し、ヨギは憤りを込めて「アンダソンは、その行為はフレッドの側からするとかなりヒステリー的だと言っている」とコメントしている（*Torrents* 54）。実際このコメントと全く同じ言葉をアンダソンは『暗い笑い』の中で使っており、さらにフレッドの行為を「ヒステリー的」と形容することによって、その行為をパーティーでの女性の精神的錯乱と結びつけている。「その行為は彼の側からするとかなりヒステリー的だった」(*Dark Laughter* 199)という文のほんの数行前に、フレッドはその女性のことを考えて「あの愚かな女――ヒステリー的な――あのアパートであんなふうに喋っていた」と思うのである(*Dark Laughter* 198)。

ヨギの憤り、そしておそらくはその作中人物の怒りの発言を通して表されているヘミングウェイ自身の憤りの理由は、戦争で強い衝撃を受けた兵士が「ヒステリー」という言葉によって含意される女性的属性、そして脆弱さを示す存在として『暗い笑い』で提示されているという点だろう。そしてそのような兵士像に対抗するかたちで、『春の奔流』では戦争を経験した兵士の強さと男らしさが強調されている。殺人の記憶がその当人につきまとい悩ますというアンダソンの考えをヨギは無知な作家の空想と一蹴し、経験を積んだ兵士の精神的な脆さの可能性そのものを否定する。彼によると、戦争で「傷を受けて死ななかった後」には人は「鍛錬されて、良きハードボイルドの兵士になる」という(*Torrents* 57)。つまり、危険や暴力に対して無感覚な、精神的にタフな男になるということである。

しかしながら、トラウマを負った兵士についてのアンダソンの描写をヘミングウェイは虚偽として非難しているものの、この非難そのものが真実に反している。というのは、ヘミングウェイはこの『春の奔流』におけるアンダソンへの批判で、負傷によって「良きハードボイルドの兵士」ができると断言しているが、私信ではまったく正反対のことを言っているからである。彼は手紙の中で知人に「一九一八年の七月八日以来ずっと、私はまったくハードボイルドではなかった」と告白しており（*Selected Letters* 240）、その一九一八年七月八日とはまさに彼が戦場で、後々までもトラウマとなる負傷を負った日付に他ならない。

このように『暗い笑い』を読んだヘミングウェイは、戦争で癒しがたい精神的ダメージを自分が負っているのを隠し、逆に自分のような戦争経験者の精神的強さ、逞しさを懸命に強調しようとしているわけだが、きわめて皮肉なことに、ヘミングウェイのそうした努力そのものが、彼が批判する『暗い笑い』のフレッドの作中での企てと極めて似通ったものになってしまう。彼がその虚構性を訴えるフレッドという作中人物の、いわば分身のようにヘミングウェイ自身が振舞ってしまうのであり、フィクションにおけるフレッドの行為を再演し、反復してしまうのである。そのことを次に見ていくことにする。

(二)「暗い笑い」に打ち砕かれる「男らしさ」

『暗い笑い』でフレッドは懸命に男らしくしようと努めながらもそうできない男として提示されているが、その根本的な原因は、彼が忘れることのできない過去のトラウマである。戦争が終わり、またその戦争の記憶を呼び起こした女性の錯乱目撃から何年もたった後でさえ、「戦争の恐怖が彼を急に襲い、一時的に彼の男らしさを損なった」(281) と述べられているように、消えることのないトラウマが「彼の男らしさを損なった (unmanned him)」ことが物語では明示される。そしてこの男らしさの欠損に悩まされているがゆえに、「彼自身の男らしさの承認」を「彼は常に求めていた」のである (268)。そしてこの「男らしさ」を損なわれたフレッドを、アンダソンは徹底して子供じみた存在として描いている。

地元の経済を支える大企業の社長であり、彼が住む町オールド・ハーバー全体を見下ろす大邸宅に暮らす彼は、自分が「支配者」であると常に自分に言い聞かせ、とりわけ自分の直接の支配下にある工場と家を、秩序と揺るぎない安定を保証する領域だと固く信じている。だが小説では、彼のそうした支配者意識が実は子供じみたものにすぎないことが示唆されている。というのも、その中では「彼が支配者」で「彼の中の何かが広がるようだった」という工場を形容して、「それは結局、巨大な遊び道具 (a huge plaything) だった」と書かれているからである (189)。

また彼は、秩序を体現する彼の家の一部となっている妻が、彼に確固たる心の安定をもたらしてくれるのを期待しているが、その期待が強い不安と幼い子供のような依存心に由来することを物語は明らかにしている。まずフレッドの家と妻についての見方を確認しておくと、小説では次のように書かれている。

最初から常にフレッドは、彼の周りに立派でしっかりした小さな壁が建てられるのを望んでいた。彼は壁の背後で安全でいたかったし、安全だと感じたかった。男は家の壁の内側で安全であり、女性が温かく彼の手をとり――彼を待っていた。他のすべては家の壁によって締め出されていた。(251)

この囲い込まれた塀の中の女性、妻アリーンにフレッドが求婚した理由は、二人が共に「黒人になったよう」だと口走る女性の狂乱を目撃し、心の平安を乱されたフレッドがその直後、アリーンに助けを求めすがったからである。戦争を思い起こさせる女性の錯乱した叫びを聞き、フレッドは恐怖で「子供のよう」になる。そして動揺の収まらないままアリーンと二人きりになった帰路の途中に、彼は「彼女の手にしがみつき」そして求婚するのである(201)。

心の拠り所になってくれるのを期待していたこのアリーンが彼を捨て、庭師として雇われていた主人公ブルースとともに家を出ていくと、男らしさを求めるフレッドの努力と彼の子供のような側面とのギャップが露わになる。「彼にとってアリーンは母親のようだった」とフレッドは振り返り、「母親が子供を見捨てられるだろうか」と嘆く一方で(316)、「オールド・ハーバーでは、彼は強い男だ」「勇敢な男だ」と自分に言い聞かせるのである(318-319)。

自分を支配者そして強者として思い描くフレッドが『暗い笑い』で同時に子供じみた男として提示されている理由はひとつには、ウォルド・フランクの『我々のアメリカ』において、経済的な覇権を獲得することのみに専念したピューリタンの末裔たちが精神的には「子供じみて」(30)

いて「幼稚」(31)なままであると主張されているのに感化されたものと思われる。だがフレッドの子供じみた一面が、自分が黒人になったよう、と口走り「暗い笑い」を発する女性を見た動揺に由来するものになっていることを考慮するなら、『我々のアメリカ』のアングロサクソン批判とは別の要因が大きく働いているように思える。ここで思い起こされるのは、第一章で見たように『砂糖きび』を読んで衝撃を受けたアンダソンが、ジーン・トゥーマーへの手紙で「白人達は十一歳か十二歳くらい」でしかないと書き送っていたことである。そうした『砂糖きび』への反応の延長線上で、『暗い笑い』で黒人の魂が憑依したような女性の言動に動揺するフレッドを、アンダソンは子供じみた白人男性として描き出そうとしたのではないか。理解しきれない社会の不条理と暴力の一端を垣間見て圧倒された無力さ、そしてその不条理を直視できないアンダソンの白人としての限界の自覚が、手紙で語られている人種差別という問題には直接触れず、別の置き換えられたかたちで『暗い笑い』には表されていると考えることができるのではないだろうか。つまりアンダソンが感じざるをえなかった無力感を、同じ白人であるフレッドという作中人物が背負わされているということである。

そのフレッドが戦争でトラウマを負った帰還兵という設定になっているのは、白人男性としての自己肯定の揺らぎを、アンダソン自身とは一線を画したかたちで、冷徹に距離を置いて描き出すのに好都合だったからではないか。アンダソンは白人ではあっても、結局のところフレッドとは違って戦争のトラウマを負っているわけではないのだから。戦争のトラウマという設定は、アンダソンにとって人種差別ほどの直接的な生々しさを感じさせるものではなかったはずである。

アンダソンが『暗い笑い』でフレッドを戦争で心に傷を受けた男性という設定にした理由が実のところどうであったにせよ、そのフレッドの描かれ方は、戦争によるトラウマの当事者であったヘミングウェイにとっては受け入れがたいものであったに違いない。強がりながらも不安におびえ実は小さな子供のよう、という『暗い笑い』における帰還兵のイメージを否認し、その兵士像に対抗するように、戦争の過酷な経験で鍛錬された「ハードボイルド」な男性という別の兵士像を打ち出しているのは、フレッドの人物造形に対するヘミングウェイの強い拒絶を表している。しかしながらフレッドのトラウマに対するヘミングウェイの反応は混乱し矛盾したものとなっている。

『暗い笑い』のトラウマを負った帰還兵フレッドの描き方に対しヘミングウェイが『春の奔流』で表明している批判が、彼の私信におけるシェル・ショック体験の告白と矛盾するものであることはすでに指摘した通りだが、それだけではない。『春の奔流』というテクストそのものが『暗い笑い』のフレッドに対するヘミングウェイの屈折し、そして分裂した反応を露わにしているのである。『春の奔流』の帰還兵ヨギは、アンダソンが創作したトラウマを負った兵士の表象が虚偽であるというヘミングウェイの見解を代弁し、戦争体験者についての真実を語るための存在として物語に登場する。だが過酷な経験を通じて鍛錬された「ハードボイルド」な兵士の精神的タフさを強調する彼の発言とは裏腹に、彼の行動と彼が陥る状況は強い衝撃を経験した人間の心の歪みと脆さを露呈するものとなっている。その上そうした脆さを浮き彫りにする出来事は、ヘミングウェイが単なる虚構として一蹴しようとするまさに『暗い笑い』のフレッドの話を下敷きにして、パロディとは言い難い深刻な話として語られているのである。

具体的に言うと『春の奔流』では、戦争の過酷な経験で心が「鍛錬される／硬くなる（hardened）」（57）と力説するヨギは、一方で無感覚、すなわち女性に対して何も感じられない性的不能に苦しんでおり、その不能は過去に衝撃的な光景を目撃して被ったトラウマが原因であることが物語の結末近くで明らかにされる。その光景は彼がパリで出かけたピープ・ショーで目撃したものであり、この彼の衝撃的光景との遭遇の逸話は、すでに本論で言及した『暗い笑い』のフレッドが女性の錯乱を目撃する箇所を基にして作られている。

『春の奔流』ではヨギが「パリのすべてを見せる」と請け合うガイドによってピープ・ショーに連れていかれるのに対して（*Torrents* 80）、元の『暗い笑い』ではフレッドと、後に彼の妻となるアリーンはパリで彼らのガイド役を務める知人達によってパーティーに連れていかれる。そのパーティーで二人は、参加者たちを性的放縦に誘い入れようと目論んでいた主催者の女性が錯乱状態に陥るのを目撃することになるのだが、アリーンを誘った女性画家は「私たちはあなたにショーをしているテントの下を覗かせてあげる（We'll give you a peep under the tent at the show）」と考え、また「あなたは人生のすべての面を目にするのだ（You see all sides of life）」という思惑を抱いて彼女をこのパーティーに連れてくるのである（*Dark Laughter* 147）。つまり胡散臭い見世物の覗き見の比喩を用いて語られる『暗い笑い』の目撃譚を、字義通りの覗き見のショーという設定に代えて、『春の奔流』のヨギのトラウマの話は語られている。

ピープ・ショーに連れていかれたヨギが目にしたもの、それはかつて彼を誘惑したのとまったく同じ女性が、彼を招き入れた部屋と同じ部屋に別の男を誘い入れ情事に及ぶ現場であった。この光景を見てヨギは、目の前の男性と同様に自分がかつてピープ・ショーの営業のために、見世物として利用されたことに気づく。この発見がもたらした衝撃によって彼は心に深い傷を受け、それ以来ずっと性的不能の状態に陥っているのである。

この『春の奔流』におけるヨギのトラウマに対するヘミングウェイの扱いは、彼がそのトラウマを冗談として処理することができないことを明らかにしている。ピープ・ショーで受けた衝撃を打ち明けるヨギの回想は、次のように書かれている。

「［……］ぼくには彼女が分かった。素晴らしいことが起こったときにぼくと一緒にいた女性だった。」ヨギ・ジョンソンは豆が入っていた彼の空っぽの皿を見つめた。「それ以来」と彼は言った。「ぼくは一度も女性に欲望を感じたことがない。どれほど苦しんできたか、説明することはできない［……］」（*Torrents* 80-81）

ヘミングウェイは基本的には『春の奔流』においてアンダソンの情緒的で甘い感傷に流れがち

な文体をパロディにし嘲笑しているが、一方この逸話はそうしたパロディとは無縁な簡潔で感情を抑制した文体で語られている。そして奇しくもそうした文体は、アンダソンというよりむしろヘミングウェイ自身の著作全般と共通するものとなっている。ヨギの性的不能に対する解決策、すなわちアメリカ先住民の娘との運命的な出会いはこの物語では戯画化されているものの、彼の不能の原因とその結果彼が被った苦難は決して冗談の種ではなく、あくまで真剣に語られる。

トラウマを負った帰還兵フレッドの「男らしさ」の喪失という『暗い笑い』で提示される話が、ヘミングウェイの脳裏に強く焼きついたのは確かである。というのもこのフレッドの屈辱の物語は、パロディとしてではなく元の話と同様の痛ましい話として『春の奔流』の中で幾重にも反復されているからだ。まずピープ・ショーでヨギがトラウマを負う逸話はここまで見てきたように、トラウマによって「男らしさを損なわれた」帰還兵の話を、『暗い笑い』と同じく衝撃的な目撃譚として、それも文字通りの性的不能というより大きな効果を伴って繰り返されている。しかも『春の奔流』では『暗い笑い』よりもさらに鮮明に、目撃された対象が目撃者自身の分身的存在であることが印象づけられている。だがそれだけではない。この『春の奔流』のピープ・ショーの逸話は、以下に検証するように、『暗い笑い』と同じく「男らしさ」の喪失の物語を、視線を浴び見世物にされる不安の話として提示し、繰り返している。

『暗い笑い』ではフレッドの「男らしさ」の損傷は、「ヒステリー的」な彼の分身ともいえる錯乱した女性を〈見る〉という行為と結びつけられている一方で、〈見られる〉ことへの恐れとも不可分につながっている。とりわけその恐れは、自分を「黒人のよう」と呼びする女性をフレッドが見る、という構図がほぼそっくり逆転したかたち、すなわち「暗い笑い」を発する黒人女性によって彼が見られ、嘲笑われるというかたちで鮮明に印象づけられている。

第一章ですでに論じたように、フレッドを巻き込んだ白人たちの三角関係は、彼の屋敷の召使である黒人女性たちによって見世物にされ、そして小説の最後では妻に見捨てられた彼を嘲笑うかのような、黒人女性の哄笑が響き渡るわけであるが、見られることの恐怖を結末で劇的に強める、ひとつの伏線が『暗い笑い』には用意されている。その伏線とは、自分の男らしさに自信を持てないフレッドが、第一次大戦に参戦した退役軍人のパレードに参列し、町の人々から賞賛の目で見られて束の間の自信を得る、という挿話である。人々が見守る中、フレッドは普段は接点がほとんどない工場の労働者たちと並んで歩き自分が「どんな人間よりも大きなものの一部、国とその力の一部」になっていることに満足するが（260）、極めて皮肉なことにフレッドがパレードで幸福感に酔いしれているまさにその彼の留守中に、屋敷で彼の妻とブルースは結ばれる。そして何も知らないフレッドを嘲笑うかのごとく、フレッドがパレードの余韻に浸って帰宅し素知らぬ素振りの妻に出迎えられるとき、「甲高い黒人の笑いが家中に響いた」と黒人の笑い声が鳴り響く（269）。さらにフレッドが妻に見捨てられたことを悟るとき、彼はパレードで自分に向けられていた町の人々の賞賛の目が、突然憐憫と嘲笑の視線に転じるという恐怖におののく。彼は「何という恥辱、オールド・ハーバーのグレイ家の一員でありながら――彼の妻が平凡な労働者と一緒に逃げていったとは――通りで、そしてオフィスで男たちが顔を向けて彼を見るとは」と考える（295）。男としての誇りを傷つけられた惨めな姿を見られ、嘲笑される恐怖。こうした恐怖を、フレッドが黒人から浴びせられる哄笑というかたちで最後にもう一度強調して『暗い笑い』は締めくくられる。妻の居なくなった屋敷に一人残され呆然としているフレッドを、突然鳴り響く「黒人女の甲高い笑い声」、そしてあたかも不倫劇の一部始終を観察しその結末を予測していたかのような「分かっていた、分かっていた、私にはずっと分かっていた」という叫びが刺し貫くのだ。

『暗い笑い』でフレッドが錯乱する女性を目撃して自分の戦争のトラウマを蘇らせる場面と同様、パレードの話はヘミングウェイには強く印象に残ったようである。というのも、フレッドが戦争のトラウマに悩まされ続けているという『暗い笑い』の話の設定に対し、『春の奔流』で数ページにわたって批判を展開する際、その批判を語る作中人物ヨギの記憶の混同というかたちでパレードに言及しているからである。そしてその混同においてパレードは、フレッドのトラウマの素になった戦場の記憶と結びつけられている。ヨギは、「このフレッドという奴は考えが頭の中で踊る――恐怖が。ある晩、戦闘しているときにパレードに出かける――いや、パトロールだった――前線の中間地帯への」とフレッドをパニック状態に陥れた戦闘地のパトロールとパレードの二つを、普通に考えればありえない混同によって言い間違える（53）。この言い間違えは、『暗い笑い』におけるパトロールでの恐怖の記憶とパレードの逸話を、ヘミングウェイが一対のものあるいはほとんど等価なものとして捉えていることを示唆している。

ヘミングウェイの記憶に焼きついたパレードの挿話から黒人の哄笑が響き渡る結末にかけて、『暗い笑い』は予期せず視線を浴び、見世物にされて男としての自尊心を打ち砕かれる恐怖を鮮烈なかたちで描き出しており、一方『春の奔流』のピープ・ショーの逸話は、その恐怖の物語をより圧縮され、強度を備えたかたちで描き直している。すなわち、比喩でなく文字通り見世物にされる、という話に置き換えて、見られる恐怖は繰り返し、執拗に語られる。さらにそれに加えピープ・ショーについての描写は、『暗い笑い』でフレッドが目撃する錯乱する女性の呼びかけに呼応するものになっている。文明の虚飾を取り払い「すべて脱ぎ捨てるのだ」(184)、「裸になれ」(180)、という「暗い笑い」を発する女性の絶叫に従うように、『春の奔流』のヨギは服を脱がされ、裸の姿を大勢の視線に晒されるのである。

だがそれだけに留まらない。まるで『暗い笑い』のパレードのくだりから結末に至るまでの話に取り憑かれたかのように、ヘミングウェイはこの視線に晒され嘲笑される屈辱を『春の奔流』の別の箇所でも繰り返し語っている。

ヨギは自分と同じく第一次大戦の帰還兵である二人のアメリカ先住民と路上で知り合って意気投合し、『暗い笑い』のフレッドがパレードで他の行進者たちとの強い一体感を感じるのとちょうど同じように、この二人の帰還兵と肩を並べて歩き「真の親交(true communion)」を実感する(*Torrents* 57)。彼は先住民だけの酒宴に招かれて束の間の幸福感を味わうものの、彼が生粋の白人であることをやがて皆が知り、酒席から叩き出されてしまう。そして突然外に放り出され唖然とするヨギを見て、嘲笑する黒人の大きな笑い声が暗闇に響き渡るのである。『暗い笑い』の結末で哄笑する黒人の言葉とほぼ同じ「私にはずっと分かっていた」という言葉を、酒場での一部始終を見ていた黒人のバーテンダーは高らかに笑いながらヨギに浴びせかける。そして元のアンダソンの話以上に笑いが孕む攻撃性と悪意を強調するかたちで、「頭上には真っ黒い黒人の笑いの暗く、つきまとう音（the dark, haunting sound of black Negro laughter）が漂っていた」と書き添えられている（67）。

アンダソンが小説の中で提示した「暗い笑い」を結局へミングウェイは、その小説のパロディを書いても一笑に付すことはできなかったのであり、その攪乱的な笑いは彼の文学に執拗につきまとう。

『春の奔流』に見られる『暗い笑い』のこうした強迫的とも思える反復は、二章でも参照した精神分析批評でいう物語の転移という概念で説明できるように思う。読者が心動かされた物語を自らの語りにおいて思わず反復してしまう物語の転移を、ショシャーナ・フェルマンはテクストが読み手に「取り憑く」という比喩を用いながら次のように説明している。読み手はテクストの呼びかけに応じ（Felman 134-135）、テクストの「亡霊のような効果」（101）にたとえ抗おうとしてもその効果の支配を受けるのであり、物語について語るというよりむしろ、作中人物になったかのようにその物語を自らの行為を通して表現せずにはいられない（114-115）。このフェルマンの説明はまさに、『暗い笑い』を読んで『春の奔流』の創作に駆り立てられたヘミングウェイに当てはまると言える。

そして個人の意思や意図を超えた、読むことと書くことの連鎖反応を追ってみると、『砂糖きび』を読んで『暗い笑い』の執筆に駆り立てられたアンダソン、そしてその『暗い笑い』を読んで『春の奔流』を書かずにはいられなかったヘミングウェイの間には基本的な相似が見られることと、アンダソンの反応と彼が負わされた役割をヘミングウェイが自らの意に反して再演・反復していることに気づく。すなわち、読んだテクストの内に見出した恐怖から目を逸らし、そうした恐怖を排除し安全無害に書き換えられた物語を、更新版のテクストとして新たに創作しようとしながら、結局そうした試みに挫折し、その挫折を自らのテクストで露わにしてしまう。

アンダソンは『砂糖きび』を読んで直面させられた暴力と社会の理不尽から目を逸らし、『暗い笑い』で純粋に美的で絵画的な小説を書こうとしながらも、その見せかけは綻びてしまう。自らのテクストから遮断しようとした暴力的な社会の恐怖は断片化されたかたちでテクストに入り込み、美しい描写の虚構性を暴き出す。

一方その『暗い笑い』を読んだヘミングウェイは、その物語が示唆する暴力と狂気に強く反応しつつも、そうした部分から目を逸らし、ただ理想化された黒人を描いたセンチメンタルな小説としてその物語を戯画化し、矮小化しようとする。だが彼が『暗い笑い』に読み取りながらもそのパロディ小説『春の奔流』では一蹴しようとした恐怖の記憶は、彼のテクストに回帰し、そのテクストを攪乱する。

そしてアンダソンが抑圧しようとしながらも『暗い笑い』に書き込まざるを得なかった、白人男性としての確信の揺らぎ、さらに白人男性であることの負い目は、白人を見つめ「暗い笑い」を浴びせかける黒人という形象を通して、アンダソンのテクストからヘミングウェイへと伝えられた、と考えることができるだろう。

註

（1）『春の奔流』についての論考は概して、作品創作の過程や背景にある伝記的事実にもっぱら関心を向け、『春の奔流』そのものの内容を詳細に検討することは行っていない（Burkhart, Taylor, White）。『春の奔流』の内容についてのまとまった考察としては、『春の奔流』とヘミングウェイの他作品とのテーマ上の共通性を論じるハヴィー、自己パロディを含めた作品の風刺性を評価するジャンキンス、風刺される凡庸な作家とは異なるヘミングウェイの創造性を『春の奔流』に読み込もうとするガイジュセク、先行するイギリス小説の影響を指摘するバーンズの論考があるが、いずれも『春の奔流』とパロディの元である『暗い笑い』との関係を再考しようとはしていない。
例外的なのはチャプルとレッデンの研究である。チャプルはヘミングウェイの『春の奔流』とその書名の元となったツルゲーネフの小説との関係を中心に論じ、描かれている男女関係の共通性という点から『暗い笑い』にも言及している。またレッデンは『春の奔流』に登場する作家スクリップスと女性たちとの関係を、ヘミングウェイが執筆時に置かれていた三角関係の自己パロディと見なし、『暗い笑い』で描かれる冷めた夫婦関係との関連に触れている。

（2） *The Torrents of Spring* Manuscripts. John F. Kennedy Library Ernest Hemingway Collection, Box MS33, Item220, p.2（本書で以下ジョン・F・ケネディ図書館にあるアーネスト・ヘミングウェイ・コレクションの草稿を引用する場合には、JFKという略号を用いる。）

（3） 一九二七年九月にルイスは評論「白い輩」を雑誌『エネミー』（*The Enemy*）に掲載している。その雑誌掲載の評論に加筆修正をして一九二九年に出版されたのが、本書第二章で検討した単行本『白い輩』である。

第四章　黒い仮面へのためらい――「ポーター」の草稿を読む

一．はじめに

ヘミングウェイの文学で黒人が脚光を浴びることはほとんどなく、ごく初期の作品を除くと黒人は物語において周縁的なかたちでしか登場しない。前章で論じたように、同時代の白人著作家たちの「黒人への熱狂」をヘミングウェイが否定的に捉え『春の奔流』でそうした白人たちと一線を画そうとしていたことを考えると、ヘミングウェイの小説で黒人に大きな焦点が当てられていないことは何ら不自然には思えないし、むしろ彼の立場からすると当然の取り扱い方であるように感じられる。

しかしながら『春の奔流』出版の後にヘミングウェイが書き始め、結局未完に終わった小説の草稿を見てみると、黒人登場人物の扱いは複雑で、そして不可解であるように思えてくる。その未完の長編小説においては、ヘミングウェイは黒人登場人物に最初はアメリカ社会の黒人への不当な扱いに対する不満を数ページにわたって語らせ、後に書き直しではそれらのページそのものを削除している。黒人をたんに物語の些末な存在としてのみ登場させ特に関心も払わないのであれば、最初から黒人に長い台詞など語らせる必要はなかったはずである。創作過程における、黒人登場人物をめぐるこの紆余屈折をどう考えればいいのか。

草稿におけるこれらの度重なる書き直しと変更には、黒人登場人物の扱いをめぐるヘミングウェイの逡巡、迷いが表れているように思える。

そこで本章では未完の長編小説、その一部が「ポーター」（"The Porter"）と題された短編として没後に出版された小説における、黒人ポーターの発言とその書き換えについて詳しく検討することにしたい。

二.「ポーター」草稿と、黒人をめぐるヘミングウェイの躊躇

『春の奔流』と『日はまた昇る』を一九二六年に出版したヘミングウェイは、一九二七年の秋から新たな長編小説を書き始める（Reynolds, *Hemingway* 148-155）。世界各地の革命に身を投じた経験を持ちながら、その身元を隠しアメリカで旅を続ける革命家の父と、その父に同行し列車で旅する少年の物語である。結局ヘミングウェイはその小説を結末まで書き上げることができず、未完のまま草稿だけが残されたのだが、その小説の一部分をなす、少年が列車の黒人ポーターと知

り合い交流する挿話が、ヘミングウェイの没後スクリブナー社の編集者によって「ポーター」というタイトルをつけられ一個の短編として『ヘミングウェイ全短編集』(*The Complete Short Stories of Ernest Hemingway*, 1987) に収録されることになった。

出版後まったく批評家からは注目されてこなかったこの短編「ポーター」をマーク・ダッドリーは一つの作品論として論じ、ヘミングウェイがいかに黒人を深く理解していたかということの証左にしようとしている。出版されたその短編では、主人公の少年と交流を深めた黒人ポーターがアメリカ社会の人種差別への不満と憤りを吐露しており、ダッドリーの見解によると、その物語を通してヘミングウェイは「黒人の世界を苦しみに満ちた、現実の、そして意味のあるものとして示して」おり、それによって読者は「生の真実が曝け出されているのを見ることができる」のだという (Dudley, *Hemingway* 105)。しかしながらダッドリーの論には致命的な弱みがあり、それは彼が出版された短編だけを扱っており、草稿にまったく目を通していないという点である。また本荘忠大はこの短編の時代背景にあるプルマン・ポーター労働運動と物語を関連づける論考を発表しているが、この物語を完成された一つの短編とみなし、やはり草稿には目を通していない。

ヘミングウェイが一九二七年の秋に書いた未完の小説の草稿と、出版された物語を照らし合わせてみると、出版されたバージョンでは、作者であるヘミングウェイ自身の意図に反するかたちで草稿の一部分が切り取られ、再編集されて短編に仕立てられていることが分かる。ポーターが彼の憤怒を主人公に打ち明けるエピソード全体が、ヘミングウェイ自身の手によって実は草稿段階で小説から完全に削除されていたのである。そしてその代わりに、二人の白人男性の乗客についてのまったく別のエピソードが、新たに書かれた原稿では挿入され、その結果物語の関心の的はポーターではなくその二人の乗客に移っている。そしてポーターはあくまで周縁的な作中人物となっている。つまり死後出版を行った編集者は、ヘミングウェイが削除した部分を使い逆に使うはずだった部分を切り捨てて、黒人ポーターの存在を前面に押し出したまとまった物語をあたかも彼が書いていたかのように見せかけたと言ってもいい。

出版者の不実な編集方法はともかくとして本論で注目したいのは、このポーターが現れる未完の物語の草稿において、黒人への言葉の付与と撤回というヘミングウェイの二重の態度が見いだされるという点である。草稿の注意深い検証は、ヘミングウェイによる黒人の「理解」についてのダッドリーの確信に満ちた見解に疑問を投げかけ、黒人の登場人物をヘミングウェイが扱う際の揺らぎとためらいを示すことになるだろう。

まず始めに、「ポーター」の草稿で黒人のポーターが登場する箇所をヘミングウェイがどのように書き直しているのか概略を示したい。出版されたバージョンの物語では、「ジョージ」と呼ばれるポーターが主人公のジミー・ブリーンを食堂車に連れて行ってそこで調理師と雑談をしたあと、彼はアメリカ社会における人種差別への憤り、黒人として生きる苦しみや不満をジミーに曝け出す。このポーターの本心の表明が、出版された話の最大の山場となっている。ところがこの二人だけになってからの親密な対話の部分は、草稿ではヘミングウェイ自身の手でそっくり削除されている。ヘミングウェイによる手書きの草稿では、ポーターと主人公が食堂のコックと別れたところで章として区切られ、次のページから「第十四章（Chapter 14）」という表題の下、二人が自分たちの車両に戻って話を始め、出版された物語にも書かれているポーターの護身用の剃刀の説明、黒人達に対するアメリカ社会の不当な扱いへの彼の怒りなどが語られている。ところが驚くべきことに次の引用のように、その章の最初のページ、「第十四章」という表題の横にヘミングウェイの手書きで「ここは全部削除」と書かれている。

第十四章　（ここは全部削除）

私たちは自分たちの車両に戻り、ジョージは番号札を見た。十二番と十五番が掲示されていた。ジョージは小さいものを下に引っ張り、番号は消えた。

「お前さんはここに座って、くつろいでいればいい」と彼は言った。

Chapter Fourteen　(Omit all this)

We went back up to our car and George looked at the number board. There was a number twelve and a number five showing. George pulled a little thing down and the numbers disappeared. “You better sit here and be comfortable,” he said. (*Jimmy Breen* Manuscript. JFK. Box MS52. Item 529B, p19)

そしてその「削除」と書かれた元の「第十四章」の最後のページの次に、ケネディ図書館の草稿では新たに書かれた「第十四章」の最初のページが置かれている。その最初の部分を以下に引用する。出版されたフィンカ・ヴィヒア版の話とは全く異なり、新たに書かれた第十四章では、ポーターと主人公が食堂から自分達の車両に戻った後、主人公は二人の男性と出会い、そのうちの一人と主人公親子との関わりが話の中心となる。そしてポーターと主人公との対話というのはもう全く出てこなくなる。

第十四章

私たちが自分たちの車両に戻ると、洗面所で髭を剃っている二人の男がいた。私は中に入り、座って彼らを見た。一人は太った男で、彼は石鹸の泡をつけて顔を剃っていた。

Chapter Fourteen

We went back to our car and there were two men shaving in the washroom. I went in and sat down and watched them. One was a fat man and he lathered and shaved his face [……]（JFK. Box MS52. Item 529B, p33）

黒人ポーターの発言、そして彼が少年と交わすかなりの長さに渡る対話をヘミングウェイは一旦書いた上で、その書き上げた言葉を削除する決定を後から下している。最初黒人の作中人物に自分の考えを語らせようとしながら、最終的にはその試みを放棄したわけである。彼のこうした執筆過程での揺らぎは、黒人の登場人物が発する言葉を作中で提示することへの、ヘミングウェイのためらいを示唆している。では一体どうしてヘミングウェイはそんなふうに躊躇するのか。彼の躊躇をどう理解すればいいのだろうか。

三．『バトゥアラ』書評に見られる、ヘミングウェイの相反する二つの態度

黒人が発する言葉を書くことへのためらい、そして書こうと試みながら結局それを断念するというヘミングウェイの二重の態度を理解するための手がかりを与えてくれるように思えるのが、新聞記者をしていた作家修行時代に彼が書いた記事である。

『トロント・スター・ウィークリー』（*Toronto Star Weekly*）の一九二二年三月二十五日号に掲載された「黒人文学が台風の目に」（"Black Novel a Storm Center"）と題された記事で、ヘミングウェイはゴンクール賞を獲得したフランスの小説、『バトゥアラ』（*Batouala*）を紹介し賞賛している。ヘミングウェイは「マルティニークで生まれフランスで教育を受けた」植民地官僚の「黒人」ルネ・マランの経歴、そしてそのマランが赴任先のアフリカ植民地の原住民を主人公にして書いた小説の内容を紹介し、さらにフランスの植民地支配への批判的な内容を含むその小説がフランス社会に引き起こした大きな波紋、賛否両論を伝えている（*Dateline* 112）。

『バトゥアラ』はフランスだけでなく、アメリカ合衆国においても画期的な著作として大きな話題となった書である。ブレント・エドワーズが明らかにしているようにその小説は、同時代のアメリカにおける黒人著作家たち、そしてハーレム・ルネッサンスを担う新世代の作家たちに大きなインパクトを与え励ましとなった。ジェシー・フォーセットはヘミングウェイとほぼ同時期の一九二二年三月号『クライシス』誌（*Crisis*）で取り上げて絶賛し（Fauset, "No End" 208-209）、その年の八月にその英訳本が出版されるとただちに同誌の九月号でその紹介を行っている。またアレイン・ロックは一九二三年十一月号『オポチュニティ』（*Opportunity*）誌で論評し、さらに彼が編纂し一九二五年に出版されたアンソロジー『ニュー・ニグロ』の中の彼自身のエッセイにおいて、『バトゥアラ』がアメリカの「若い黒人作家（the young Negro writers）」に与えた影響は「教育的で解放的（educative and emancipating）」であるとして、その典型例にジーン・トゥーマーを挙げている。(Edwards 69; Lock, *New Negro* 51) そしてそのジーン・トゥーマーは、知人の雑誌編集者に一九二二年六月に送った手紙の中で、「ルネ・マランのバトゥアラの書評」について熱い関心を表しているので (*Letters* 42)、その英訳本が出版されるとおそらく目を通したと思われる。このようにハーレム・ルネッサンスの作家たちに希望の星、新時代の到来として受けとめられるフランスの黒人作家の出現にヘミングウェイはいち早く目を向けて原書で読み、そして英語圏に紹介する先駆者の一人となったわけである。

そしてその『バトゥアラ』についてのヘミングウェイの書評は、彼がハーレム・ルネッサンスの作家たちと共有した新たな黒人文学の出現への興味とともに、彼の「黒人」に対する二つの相反する態度を示している。ひとつは、「黒人」を理解し、その内面に入り込みたいという彼の願望である。『バトゥアラ』への賞賛においてヘミングウェイは、その小説が読者に「黒人」の視点を共有するのを可能にし、またその黒人がどのように感じ考えるかを理解できるようにしてくれるという点を強調する。この小説はアフリカの村の長であるバトゥアラの生活を物語っており、ヘミングウェイは、物語に没頭する読者は「アフリカの原住民自身」の「白く大きな目によって見られた、そして桃色の手のひらで感じられた原住民の村のイメージ」を手に入れるのだと説明する。すなわち、「村の臭いをかぎ、その食べ物を食べ、黒人が白人を見るように、白人のことを見る」のだと書いている (*Dateline* 112)。

このようにヘミングウェイは、「黒人」の視点を共有しその黒人の生活を理解することへの関心を表しているがその一方で、「黒人」の作家以外には「黒人」の視点から物語ることはできないという見解を明らかにしている。『バトゥアラ』はすぐに英語に翻訳されるだろうという予測を提示する際、彼は翻訳者には「ルネ・マランがフランス語を知っているのと同じくらい英語を分かっている」そんな「別の黒人が必要だ」という意見を表明している（*Dateline* 113）。言い換えれば、ヘミングウェイの見解では「別の黒人」だけが「黒人」が語った話を十分に理解し伝えることができる、ということになる。

実際、『バトゥアラ』自体が、白人は「黒人」が考えていることを知らないし、知ることができないという前提に立って書かれている。例えば、第四章の村人たちの饗宴の場面では、アフリカの植民地化に憤る村人たちは白人への恨みを語り合い、その恨みを彼らの内輪で共有する。村人の一人が「俺たちは白人を殺すべきだ」というと、それを聞いた他の人々は「そうするべきだ」「いつかそうするだろう」と彼の考えに同意する（83）。さらに別の箇所では、村人たちによく知られている殺人の方法は「白人たちが知らないもう一つのこと」と呼ばれている[1]（119）。『バトゥアラ』で示されているこのような説明と前提は、白人の「黒人」理解についてのヘミングウェイの確信の乏しさと疑いを強めたに違いない。そしてヘミングウェイはこの『バトゥアラ』書評の三年後にアンダソンの『暗い笑い』を読み、見えない地点から白人を観察し嘲笑する黒人たちの表象に強烈な印象を焼きつけられるわけである。なおここで『バトゥアラ』と『暗い笑い』を並置してみると、奇しくも両者が提示する黒人像には基本的な共通性があるのに気づく。

白人にルサンチマンを抱く黒人たちが、白人を密かに観察し意味づけを行うという点、そしてその黒人たちの考えが白人には理解できない、という点である。

この両作品の共通性は、おそらくは単なる偶然ではない。というのも『暗い笑い』の黒人表象の下敷きになっていると考えられるのは一章で検討したようにジーン・トゥーマーの『砂糖きび』、特に白人地主が黒人たちの噂の種にされる短編「血が燃える月」であり、そのトゥーマーの作品に影響を与えているのが、ルネ・マランの『バトゥアラ』である可能性が高いからである。さきほど触れたように、トゥーマーは手紙で『バトゥアラ』への関心を示しており、英訳本にはおそらく目を通しているはずであり、翻訳の出版はトゥーマーが『砂糖きび』を書き上げる前なので、白人を観察し意味づける黒人と、その黒人を理解できない白人という構図は、先行テクストとして『バトゥアラ』を下敷きにしていると考えるのが自然であろう。

『バトゥアラ』と『砂糖きび』そして『暗い笑い』の影響関係はさておくとしても、ヘミングウェイは『バトゥアラ』で白人に本心を見せない黒人たちが描かれているのを見て、白人が黒人を理解することの難しさを感じ、そしてその後『暗い笑い』を読んで白人による黒人の理解の限界を一層鮮烈に見せつけられたのは間違いない。こうした読書経験を通して彼の黒人理解についての確信のなさは強められ、その確信のなさが「ポーター」草稿における、黒人の言葉を語ることへのヘミングウェイの躊躇につながっていると考えられる。

つまり『バトゥアラ』の書評に見られるヘミングウェイの二つの態度、すなわち黒人の立場に立ちたいという願望と、白人による黒人理解への懐疑、という相反する二つの態度の延長上に、「ポーター」の執筆過程での黒人に対するヘミングウェイの複雑な扱いがあると見なすことができるだろう。黒人の立場からその言葉を紡ぎ出そうとしながら、自らの黒人理解、自分が黒人の言葉を代弁することへの妥当性について確信が持てず、最終的にその試みを諦める、という逡巡と葛藤が物語の草稿からは読み取れるように思う。

「ポーター」草稿におけるヘミングウェイの二つの相反する態度は、別の表現をすると、自分の著作の中で黒人の役割を演じることへの願望と、その役割演技への躊躇と呼んでもいいだろう。この役割演技に対するヘミングウェイのアンビバレンスは、決して一時的なものではなかった。

ヘミングウェイの黒人へのアンビバレンスの持続性あるいは継続性は、『誰がために鐘は鳴る』（*For Whom the Bell Tolls*, 1940）でジプシーが歌う歌からもうかがえる。他の兵士たちに歌うように強いられて、ジプシーは歌詞の中に「俺は黒人だ」というフレーズがある、黒人の嘆きの歌を歌う。「俺の鼻は平べったい／俺の顔は黒い／それでも俺は人間だ」（*For Whom* 60）ヘミングウェイはこのように、ジプシーの歌を通して黒人の声を間接的に表している。このことはヘミングウェイが、黒人の声を表現し、黒人のように語ろうとする努力を続けながら、黒人の視点を提示することには極めて慎重であり、躊躇していたことを示している。

短編「格闘家」（"The Battler," 1925）における不可解な黒人も、ヘミングウェイの同様のアンビバレンスの産物として捉えることができるかも知れない。その話では、黒人の男性バグズは、彼が世話をする有名なボクシングの元チャンピオンについて、その知られざる過去を物語る。ニックは彼の話に興味を持つものの、それが本当の話なのか確信が持てず、またバクズが何を考えているのか分からない。バグズはいかなる状況でも仮面をかぶったように常に微笑み続けており、彼の内心の考えや感情はニックには見通すことができないのである。おそらくはこの短編もまた、黒人の役割を演じることに対するヘミングウェイの願望と躊躇を示唆する別の例であるように思える。

ではなぜヘミングウェイは、ためらいつつも黒人の視点から語ること、黒人の役割を演じることへの、こうした持続的な願望を持ち続けたのだろうか。この大きな問題に迫るには、まず範囲を絞って特定の課題から検討する必要がある。そこで次に、最初の問題設定に立ち返り、「ポーター」の草稿におけるヘミングウェイの書き直しをより詳細に検証することにする。この書き直しについての分析は、黒人の役割を演じることへのヘミングウェイの願望を考察するための、鍵を提供してくれるはずである。

四.「ポーター」の書き換えで、削除された部分

ヘミングウェイの「ポーター」草稿書き換えが何を意味するかを考察するためには、「ポーター」の草稿で削除された部分と新しく書かれた部分を比較検討する必要がある。その比較のた

めに、最初に削除された部分について見ていくことにする。

ヘミングウェイの手で削除された話の箇所では、主人公ジミーの目の前でポーターは武器として剃刀を使う彼の技を示して見せる。その実演のあと、彼は黒人たちが受けている不当な取り扱いについて嘆き始める。彼はジミーに、ボクシングのチャンピオンであるジャック・ジョンソンと黒人運動の指導者だったマーカス・ガーヴェイがアメリカ社会で受けた扱いへの不満を吐き出す。それから彼は別のボクシングのチャンピオンであるタイガー・フラワーズが受けた扱いの不当さを力説する。ダッドリーの研究ではこれら三人の黒人についてのポーターの発言はほとんど考察されていないので、この発言とその社会的背景についての若干の説明が必要だろう。

ジャック・ジョンソンについては、ポーターはジミーに「自分の身をどうやって守ればいいか知っていた唯一の黒人はジャック・ジョンソンで、連中は彼をレヴェンワースに入れた」と語る。それからジャック・ジョンソンとマーカス・ガーヴェイについて彼は、「黒人がジャック・ジョンソンとマーカス・ガーヴェイみたいに思い違いをしたら、連中はその黒人を刑務所に入れる」と説明する（*Complete Short Stories* 576）。ジャック・ジョンソンもマーカス・ガーヴェイもその挑戦的な態度のために多くの白人の反感を買い、一九二〇年代に刑務所に入れられている。ジャック・ジョンソンが白人の敵意を招いたのは、白人のボクサーたちを倒したからだけではなかった。彼は白人女性を自分の恋人にし、その関係を公衆に誇示したのが大きな原因だった。白人女性と売春行為を行った罪を問われ、アメリカ合衆国レヴェンワース刑務所に送られたのである（Ward

225-259, 402-404; Bederman 1-10)。一方マーカス・ガーヴェイは、白人支配からの「黒人民衆」の独立を訴える力強い演説で多くの黒人を熱狂させた反面、白人の敵対心を喚起することになった。「黒人民衆」による海運事業という彼の企てが失敗したとき、彼は詐欺の罪を着せられ、一九二二年に逮捕されて刑務所に送られた (Kornweibel 76-131; Cronon 73-102)。

物語ではポーターが、ジョンソンとガーヴェイのアメリカ社会での扱われ方に対する不満を訴えたあと、今度は人々のタイガー・フラワーズに対する扱いに憤る。フラワーズはジャック・ジョンソンとは正反対のタイプのボクサーだったと言える。ジャック・ジョンソンの悪いイメージが広まったあとに有名になった彼は、黒人に対する白人の一般的な期待に応えようと努力し、リングの外では常に紳士的に柔和にふるまった。その結果、ジャック・ジョンソンのように白人の反感を買うことはなかったものの、その柔和さのために白人読者向けの新聞では嘲られ馬鹿にされたのだった。さらに、白人のボクサーと戦ったときには、フラワーズが試合では優勢だったにもかかわらず、レフリーは白人ボクサーを勝者とする裁定を下した (Kaye 71-101)。ヘミングウェイの物語ではポーターは主人公に、「連中があの哀れなタイガー・フラワーズに与えた待遇を見てみろ。彼が白人だったら、彼は百万ドル稼いでいたはずだ。」と言う。そしてさらに「連中はいつでも彼を、いろんなやり方で地に引きずり下ろしたんだ」と付け加える (*Complete Short Stories* 576)。最初の発言でポーターが言及している「待遇」というのは、白人ボクサーとの試合における疑わしい裁定を指していると考えられる。ポーターの二番目の発言はより一般的なタイガーの扱いについてのものであるが、新聞における彼への敬意の欠如を考慮するなら、その発言は理にかなったものに聞こえる。

ポーターが物語るジャック・ジョンソン、マーカス・ガーヴェイ、タイガー・フラワーズの三つ一組の話は、黒人の自己表現におけるジレンマを示している。黒人がジョンソンやガーヴェイのように、白人の期待に背くやり方で公の場で自己表現をした場合には、厳しく罰せられてしまう。だがたとえフラワーズのように白人の期待に応えるやり方で自己表現を行ったとしても、たんに見下されるだけなのだ。つまり、一九二〇年代のアメリカ社会においては、黒人はどうやっても白人から、一般公衆から敬意を払われることがない、というのがポーターの話が伝えるジレンマである。このジレンマはポーター自身によっても共有されており、そのことは彼が剃刀を使って行う実演によって明らかにされている。彼は剃刀を武器にする技術を披露することで、自分の強さと男らしさをジミーに示そうとしている。だが同時に、彼はその実演が空しい努力であることも分かっている。実演を終えたあと彼は、「剃刀は思い違いだ」とつぶやくのである（576）。ポーターの剃刀を使った戦う技術の習得は、黒人のポーターのステレオタイプを否定しようとする彼の懸命の努力を表している。すなわち、紳士的で大人しく、乗客の命令に従順な召使いというステレオタイプ、男らしい男性とは対極のイメージの否定である。しかし仮に彼が現実において、つまり本当の喧嘩でその戦いの技術を使ったとしても、彼は決して男らしい男として尊敬されることはなく、たんに罰せられ、軽蔑されるにすぎない。ポーターが彼の実演と話を通して伝えるのは自己表現の困難さであり、そしてその困難さは、黒人全般に共有されていると彼が感じていることなのである。

作中でのポーターの言葉は力強く訴えかける、説得力のあるものであり、ヘミングウェイによるこのポーターの逸話の創造を出来の悪い試み、失敗と見なすことは到底できない。しかしながら草稿では、ポーターが雄弁に語る章の最終ページの一番下に、ヘミングウェイは書いた文章をまるごと削除する指示を書き込んでいる。マル括弧でくくられたその手書きの指示書きには、「（これらの……［判読困難］は全部削除）」と書かれている（JFK Box Ms 52, Item 529B, p32）。

五．同性愛者らしき白人男性たち——差し替え後の、新たなエピソード

本章の始めに概略を示したように、元の小説の第十四章にあたるポーターが不満を訴える箇所をヘミングウェイは削除したあと、新たにまったく別の第十四章を書いている。そしてその新たな第十四章では、興味深いことに主人公は同性愛者とおぼしき二人の白人男性の乗客と出会い、その乗客と主人公親子とのやりとりを軸に物語は展開する。父は革命家であり、その事実を主人公以外の人間には隠しているのだが、乗客の一人がその父の素性を詮索してくる。つまり、新たに書き直された章では、黒人のポーターとは相当異なる人々が関心の的になっている。ポーターと共通点があるとすれば、同性愛者と秘密裏に活動する革命家、いずれも社会の少数派に属する

人間たちである、という点であろう。

新たに書き直された第十四章では、食堂からポーターと一緒に自分の車両に戻ってきた主人公は二人組の男と出会い、そのうちの一人が彼に父の身元について尋ねてくる。父が革命家であることを隠すために、ジミーは父が兵士だと答えるが男はさらに詳しく尋ね、ジミーは父の職務を詳しくは知らないと曖昧に答えるが男は納得しない。すると父が現れ、男は父に直接質問し始める。兵士かという問いに、父が違うと答えたために息子の説明と食い違い、男はさらに父を問いただすが、突然「分かりました」と質問をやめ、「私なら大丈夫ですよ。その仕事のためにあなたを尊敬します（It's all right with me. I respect you for it.）」と付け加える。そして「私たちはみんな何らかのやり方で、合衆国のために働いているんです（We all work for Uncle Sam in one way or another）」と説明する。それに対し父は「そうです」とだけ答える。男はこうして、父が国家のための何か秘密の任務についていると結論づけるのである。そしてこの男の反応を見て、父は安堵する。

しかしこのエピソードはそれだけでは終わらない。親子と別れる前に、質問をした男は父に非常に怪しげなやり方で握手をするのだ。

彼らが握手をするとき、私は彼が父に何か特別な握り方を伝えたのを見てとった。彼の顔全体は輝き、その合図をするとき彼の腕は~~震えた~~［筆者註――「震えた（quivered）というところが横棒で消されてその上に「上がった（heightened）」と書き加えられている」私の父は反応しなかった。

(As they shook I saw him give my father some special grip. His whole face lighted up and his arm ~~quivered~~ heightened as he gave it. My father did not respond.)

(JFK Box MS 52, Item 529b, Jimmy Breen Manuscript, Chapter 14-15, p8)

とにかく手の握り方で秘密の合図を送っているのは確かである。そして男の緊張と興奮を孕んだ密やかな試みは、性的な誘惑のようにも見える。この謎めいた男は、この後の部分では実際、同性愛者であることが作中では仄めかされているように思える。草稿ではこの二人の乗客は後でも再び言及され、二人の非常に親密な様子を、ヘミングウェイは迷い躊躇しながら描写している。彼は二人が意味伝達よりももっぱら愛情表現のために言葉を交わすさまを「赤ちゃん言葉は使わないで赤ちゃんと話を交わすよう(like baby talk without baby words)」だと一旦は書きながらその箇所を横棒で消し、代わりに「彼らはただ行ったり来たり、行ったり来たり話を続けた(They talked just back and forth, back and forth.)と書き直している(JFK Box MS 52, Item 529b. Chapter 14-15, p13)。

このように草稿でヘミングウェイは、黒人のポーターの逸話の代わりに、同性愛者とおぼしき白人男性の二人組と革命家の父についての逸話を提示しようとしている。この奇妙な書き換えを、一体どう理解すればいいのだろうか。すでに述べたように、黒人、同性愛者、革命家いずれも社会の少数派に属するとはいえ、互いにかなり違った存在であり、単純に置き換え可能とは言い難い。

この問いを考える上で注目したいのは、黒人ポーター、革命家の父、同性愛者とおぼしき男いずれもみな、本心や正体を隠して、偽りの外見を装おうとしている、ということである。黒人ポーターは職業上、役割演技を行っており、普段は粛々と業務を行う中で自分の感情を押し殺し本心を他人に明かさないようにしている。このような役割演技は、書き直したエピソードにおける革命家の父と同性愛者とおぼしき男にとっても最重要の課題になっていると言ってもいいだろう。そう考えると、黒人ポーターの逸話、続いて革命家の父と男性乗客の話への書き換えによってヘミングウェイが表現しようとしていたのは、本心を隠して演技を続けなければならない人間のジレンマあるいはフラストレーションだったのではないか、と思えてくる。

本心をストレートに語ることができないジレンマ、それはこの物語が執筆されたと考えられる一九二七年頃の時点においては、作者であるヘミングウェイ自身が抱える問題でもあったはずである。というのも前章で論じたように、私信では第一次大戦で重傷を負って以来ずっと「ハードボイルド」ではなかったと告白しているのとはまったく逆に、『春の奔流』では戦傷を受けた兵士はそれによって鍛錬され恐怖や感情にまったく左右されない「ハードボイルドな兵士」になるのだと断言し、自分のトラウマを公にはせず隠し通そうとしていたからである。

戦争のトラウマをかなり赤裸々に描いた短編「誰も知らない」（"A Way You'll Never Be"）を一九三三年に発表するまでは、ヘミングウェイにつきまとうシェル・ショックの問題については作品中でかすかな手がかりだけが与えられている。初期の代表作「ビッグ・トゥ・ハーティド・リバー」（"Big Two-Hearted River," 1925）においては、戦争から帰還した主人公ニックが釣りをしている最中に震える手が、戦争でトラウマを負ったニックの精神的不安定さの徴となっている。この「ビッグ・トゥ・ハーティド・リバー」の震える手は、今問題にしている「ポーター」の草稿で秘密の合図を送ろうとする男性の腕が「震えた」と一旦は書かれていたことと関連づけることができるように思う。この手の動きを描写するヘミングウェイは合図を送る男と同化し、隠しつつ何かを表そうとしており、その何かは、意志のコントロールを破って出てしまう身体の震えと一体となっている。おそらくヘミングウェイは、同性愛者とおぼしき男性のペルソナを使い、伝えたいことを直接言えない彼自身強いられている緊張を、身体の震えとして表そうとしたのではないか、と考えられる。そして同性愛者らしき男性の逸話を書く前には、黒人の仮面をまとって、苦しみを明かせないジレンマ、本心を直接語ることができないジレンマを伝えようとした、と考えることが可能ではないだろうか。

実際、戦争によるトラウマを負った元兵士にとって、自分の傷ついた精神状態を公の場に晒すのは難しかったに違いない。というのも、そのような戦争の被害者は、黒人や同性愛者の男性と同様に、社会的な負の烙印、スティグマを負わされ、偏見の対象にされる傾向があったからである。一九二〇年代の半ばにはとりわけそうした傾向は大きかったと思われる。トラウマを負った元兵士に刻み込まれたスティグマは、ヘミングウェイの同時代の作家たちの著作に見ることができる。第二章で確認したようにヘミングウェイの強い反発を引き起こしたアンダソンの『暗い笑い』では、トラウマを負った元兵士は男としての自信が持てず、最終的には主人公に妻を奪われる引き立て役にされている。また別の例としては、ヴァージニア・ウルフの『ダロウェイ夫人』(*Mrs. Dalloway*, 1925)では、戦争で精神を病んだ元兵士セプティマスは彼の妻にとって恥ずべき存在とされている。街路をセプティマスと一緒に歩く妻は、彼の精神的な異常が人の目につくのを恐れ、「人々が気づくに違いない。人々が見るに違いない。」と考える(15)。

戦争のトラウマというスティグマをひた隠しにし、理解してもらいたい自分の苦しみを打ち明けられないジレンマ、それをヘミングウェイは黒人の仮面をまとって表現することに惹かれていたように思える。

六.分身としての黒人と二重の意識、ミンストレル・ショーの魅惑

現に、極めて興味深いことにヘミングウェイは「ポーター」執筆の試みから十年近くたった一九三五年に、雑誌『エスクァイア』掲載の記事で自分の分身として黒人を登場させている。そして自らを「ヘミングウェイ」だと名乗るその黒人は、イタリアの戦場で回復不能の損傷、決し

て消えることのないスティグマを負った存在として記事では提示されているのだ。記事は、自宅を訪れプライバシーに立ち入ろうとするツーリストたちをあしらい追い払うためにヘミングウェイが門番として雇っている黒人についてユーモラスに語ったもので、はじめに黒人については次のように紹介されている。

筆者は年老いた黒人を雇っており、その黒人はらい病に似た奇妙な病気の犠牲者で、門の前で訪問者と会い、次のように言うのだ、「わたしゃヘミングウェイ氏で、わたしゃあなたに狂っているんです。(I'se Mr. Hemingway and I'se crazy about you.)」(*By-line* 192)

ここでヘミングウェイは、健康的で裕福な暮らしを楽しむ白人、という商業的な娯楽誌『エスクァイア』で提示されている自分のイメージを完全に逆転させた自らの分身、年老いて病んだ黒人の召使い、という分身を登場させている。そしてこの分身は黒人であることに加えて、「らい病(leprosy)」のような病気の痕、という社会的スティグマを負った存在にさせられている。つまり差別と社会的排除の対象であることが二重に強調されているわけである。自分が「ヘミングウェイ氏」だというこの黒人は、自作の『武器よさらば』について支離滅裂に聞こえる解説を行い、小説の舞台イタリアについての彼の説明は、「彼はイタリアについて語るのが大好きで、その地を彼は『自分が初めてあのライという病気にかかった場所(the place where 'he first get that leppacy disease,)』と説明した」と書かれる。イタリアで黒人がらい病にかかった（leprocyが誤ってleppacyと呼ばれている）と聞いて、話の途中でツーリストたちが逃げ出すのを、悠々とくつろぐもう一人のヘミングウェイ「私」が観察する、という場面がこの後に続く。

葉巻を深々と吸いながら、私は彼らが少しばかり良い運動をしているのを楽しんで眺めた〔……〕老人は、おぞましくないとは言えない両足の残骸を使って彼らを追いかけ、悪くはない時間を過ごしていた。（193）

「おぞましくないとは言えない両足の残骸（the not un-gruesome remains of his legs）」と書かれているように、老いた黒人がかつてイタリアでかかった病によって、足が原型をとどめないほどに損傷しているという記述は、ヘミングウェイが第一次大戦時にイタリアで砲撃を受けて足を負傷し、そのときの精神的衝撃によって癒えることのないトラウマを負っているという隠された事実を、偽装しつつ可視化した表現となっている。

真剣な創作においては黒人の立場に身を置いて語ることに躊躇し続けていたヘミングウェイは、娯楽向けのこの記事の中では冗談めかして黒人の仮面をまとい、自分を苦しめているトラウマを他人事のように突き放して、そして読者が真に受けないよう慎重に予防線を張ったかたちで提示している。「おぞましくないとは言えない」被害の痕を目にした人々が一目散に逃げ出すという記述が示すように、ヘミングウェイが戦地で被った被害は忌避と嫌悪の対象となっていることが強調されているが、被害そのものもそれに対する忌避もあくまで笑いの種として表現されている。ヘミングウェイを名乗る黒人の逸話は基本的に、アメリカの伝統的な大衆芸能、白人が顔を黒塗りにして陽気な黒人を演じるミンストレル・ショーの枠組みを利用して語られている。

とはいえこの逸話で示される陽気さはあくまで演技であり、ヘミングウェイ本人が抱えていたはずの苦しみ、やるせなさといった個人の内面は決して明らかにはされていない。苦しみとは全く無縁な様子で何不自由なくくつろぐ白人男性の「私」が、「ヘミングウェイ」なる黒人の傷が晒され人々を恐怖に陥れる様子を眺め楽しむという構図になっており、そこでは本心あるいは感情は隠され、自己は二つに分裂したかたちで表されている。

このようにヘミングウェイが黒人の役割を演じるのは、ミンストレル・ショーに関して一般に批判されるような白人が思い描く黒人ステレオタイプの表明とは違っている。その役割演技はむしろ、W・E・B・デュボイスが『黒人のたましい』(*The Souls of Black Folk*, 1903) で表明したアフリカ系アメリカ人のジレンマを想起させるものとなっている。デュボイスは、人々が黒人を「厄介な存在である (to be a problem)」と考えており (6)、そうした見方をされていると分かっている黒人たちは、自分の怒りや不満を表さないようにすることを強いられると説明する。デュボイスによるとその結果、黒人として生きるのは、巨大なヴェールの奥から自分とは隔てられた世界を眺めるようなものとなっているという。そうした黒人たちは「二重意識」、すなわち「常に他人の目を通して自分自身を見ているという感覚」に悩まされるのだとデュボイスは指摘する（7）。自分の分身としての黒人門番の逸話でヘミングウェイが表現しているのはまさに、デュボイスのいう黒人のジレンマと通じ合う、内面の隠蔽そしてヴェール越しに隔てられた世界の観察、他人の目を通して自分自身を見る「二重意識」と言えるのではないだろうか。

ヘミングウェイがイタリアでの戦傷によるトラウマを描いた短編「誰も知らない」では、主人公ニックは過去の記憶によって引き起こされる恐怖を必死に隠し、他人の目に自分がどう映るかを痛ましいほど鋭敏に意識する。そのニックの様子は、他人の目を通して自分自身を見ている感覚、というデュボイスの「二重意識」の説明を思い起こさせるものとなっている。過去に敵の攻撃で足を負傷したイタリアの戦場をニックは再び訪れ、そこで再会した旧知のイタリア人将校と過去の戦闘の話をして記憶が生々しく蘇り、異変を感じた将校に心配されると「大丈夫だ」と平静を取り繕う。だがその一方で気心の知れたその将校に「どうしたんだい？君には僕が狂っているようには思えないだろう？（I don't seem crazy to you, do I?）」と尋ねて確認を取ろうとするのである（*Complete Short Stories* 310）。

そしてこの短編ではニックは、強く逞しく健康的で恐れを知らないアメリカ人兵士という社会が求める男性像を、自分の真の姿を隠すための仮面あるいは完全なる演技として、彼を物珍しそうに見るイタリア人兵士たちに示そうとする。アメリカの援軍の存在をイタリア兵たちに印象づけるため幕営地に派遣され「アメリカ軍の制服を披露している」（312）のだというニックは、案内役の兵士にアメリカ兵たちが戦場にまでやって来るのか尋ねられて「もちろん」と答える。そして「アメリカ人たち」は「健康的」で「決して怯えたことなどない」と説明する（311）。だが彼自身の言葉とは裏腹に、説明しながらシェル・ショックによる発作が起こるのを必死に抑え続けるのである。ヘミングウェイにとっては恐怖に動じない白人男性というイメージは、この物語が示唆するようにまさに「制服」のようなものであり、個性を消し去り本性を隠すための覆いの役目を果たしていたと言っていいかも知れない。

ヘミングウェイは、「制服」が体現する集団の一員というイメージの社会的重要性を認識しつつも、一方でそうした画一化された枠の中に個々の人間が収まりきるわけではない、ということを著作の中で伝えようとしていたように見える。社会が求める役割を演じ続けることへの帰還兵の違和感を描いた「兵士の帰郷」（"Soldier's Home," 1925）では、皆が同じ服装と似通った外見で並ぶ戦前の集合写真と対比するかたちで、服の割には体が大きすぎる軍服姿の主人公の写真に言及されている。制服が合わない身体は、自己抑制という社会規範では抑えきれない恐怖への生理的反応と共に、社会が強制する枠からはみ出さざるを得ない、個人の存在のありようを指し示していると言える。

「ポーター」の草稿で一旦は書かれた黒人ポーターの訴えもまさに、同じ制服姿で皆個性を否定されて「ジョージ」と呼ばれ、従順な下僕の役を続けなければならない人間の、押し付けられた枠からはみ出す部分を露わにしようとする企てに他ならない。エリック・ロットは、ミンストレル・ショーにおける黒人の仮面には社会規範への抵抗あるいは攪乱の機能があったことを指摘し、それゆえ白人を魅惑したのだと論じているが（Lott 15-37）、ヘミングウェイもそうした魅惑を感じ、黒人の仮面をつけることに惹かれたのではないかと推測できる。しかし彼は一方で、白人である自分が黒人の立場に立ち、黒人の言葉を語ることに強い躊躇を抱いていた。ヘミングウェイが作中の黒人に無視し難い言葉を語らせようとしながら、言葉を与えるのを何度となく断念したのは、そうした彼の躊躇を端的に示している。ヘミングウェイは自らの立場と黒人の境遇を重ね合わせながらも、安易な感情移入も、代弁も許されない他者として黒人との距離を感じ続けていたのではないだろうか。

「ポーター」の草稿からうかがえるのは、公に曝け出せないトラウマを負い、その苦しみを隠し続けることを強いる社会への違和感を黒人の役割演技、黒人の仮面を通して表現しようとしながら、迷い思いとどまるヘミングウェイの逡巡である。

註

（1） ただし、植民地官僚マランによるアフリカ原住民の表象が、ステレオタイプと偏見から免れてはいないことを、すでに多くの批評家が指摘している（Nwezeh 94; 砂野　六九－七〇、七四－七八頁）

第五章　抑圧的規範への抵抗——ミンストレル・ショーの転用と『武器よさらば』

一．はじめに

本章では前章の議論を発展させ、トラウマを隠すことを強いられ自らを密かに黒人と重ね合わせていたヘミングウェイが、ミンストレル・ショーという表現形式にいかに惹かれその形式をひねりを加えたかたちで使っていたかを検証する。主に焦点を当てるのは黒人と白人の死刑囚を題材とした詩と『武器よさらば』（*A Farewell to Arms*, 1929）、そして前章でも触れた、『エスクァイア』でヘミングウェイを名乗る黒人が『武器よさらば』を自作解説する記事である。それらの著作でヘミングウェイは黒人あるいは人種的ステレオタイプを用いた役割演技を行っており、感情の抑圧を白人男性に求める社会規範にミンストレル・ショーを転用した演技によって抵抗していると考えられる。

人種に関わる役割演技という観点から『武器よさらば』を中心にヘミングウェイ作品を検討す

る本章の議論は、ヘミングウェイ文学における黒人／白人という区分をあくまで対極にあるもの、あるいは固定的に捉える見方に疑問を投げかけ、それと共に、ヘミングウェイの文学でストイックな自己抑制が称えられているとする研究者の支配的な見方に対して異を唱えるものである。ヘミングウェイが自己抑制を称揚しているという見解は、伝統的なコード・ヒーロー論以来、依然として根強い。そうした見方は、自己抑制の礼賛を白人男性の規範として批判する批評家によっても共有されている。白人男性のアイデンティティ構築における黒人との差異化に注目するトニ・モリスンは、ヘミングウェイの『持つと持たぬと』(*To Have and Have Not*, 1937)で感情を抑制できる白人男性とできない黒人という序列的な二項対立が見られると論じている(69-80)。このモリスンの見解は、白人男性の言説の権力性を論じるデブラ・モデルモグ(Moddelmog 119-130)、そしてセオクー・クォンによって引き継がれている。一方マーク・ダッドリーはモリスンに反論し、アフリカ系アメリカ人と白人の差異をヘミングウェイは固定的には捉えていないと主張している(Dudley, *Hemingway* 69-110)。だが彼はそのあと、ヘミングウェイはアメリカで維持できない人種的差異をアフリカで再強化していると論じ、白人男性のハンターによって「重圧の下の優美(grace under pressure)」というストイシズムの美学が体現されると考えている(125-127)。つまり、自己抑制が男性の規範として称揚されているとする見方は依然として踏襲されているわけである。

それに対し本章で主張したいのは、ヘミングウェイが極端な自己抑制を強いられる白人男性たちを提示しつつ、その規範の非人間性をむしろ浮き彫りにしている、ということだ。さらには、そうした白人男性たちが実は、彼の詩で描かれる黒人死刑囚の系譜を引いているのではないか、という可能性について考えてみたい。

二．自己抑制という仮面と、ヴォードヴィルの芸人

前章で黒人に語らせることへのヘミングウェイの躊躇を浮き彫りにしたが、初期の習作には興味深いことに「何も言うことはない」ときっぱり言明する黒人を描いた詩がある。一九二〇年に書かれたとされるこの詩はこれまで批評家の注目を集めることはほとんどなかったが、そこには死の恐怖に耐えることを強いられる白人と黒人死刑囚が登場し、白人が恐怖で自分の体を制御できなくなるのに対し黒人は怯えた様子をまったく見せず、処刑を見守る聖職者に叩きつけるように短く力強い一言を発する。

ウィル・デーヴィスへ

絞首刑にされる二人の男がいた
死ぬまで首を吊るされると決められている
裁判官がそう言った

黒い帽子を被った裁判官が。
二人のうち一人は支えてもらわなければならなかった
郡の刑務所の高い回廊の落下口に立って。
彼は口からよだれを垂らし、よだれは顎からしたたり落ちた
そして彼は、耳元に早口で語りかけていた司祭に倒れかかった
彼には分からない言葉で語りかけていた司祭に。
私は、彼の顔に黒い袋が被せられるとほっとした
もう一人は黒人だった
真っすぐに立ち、ブラックストーン・ホテルの門衛のように威厳があった
「いえ、旦那——私には言うことは何もありません。」
その光景は私には耐えがたく
胃のあたりが気持ち悪くなった
私は連中がバート・ウィリアムズを吊るそうとしているのではないかと思った。

To Will Davies

There were two men to be hanged
To be hanged by the neck until dead

A judge had said so
A judge with a black cap.
One of them had to be held up
Standing on the drop in the high corridor of the country jail.
He drooled from his mouth and slobber ran down his chin
And he fell all over the priest who was talking fast into his ear
In a language he didn't understand.
I was glad when they pulled the black bag over his face.
The other was a nigger
Standing straight and dignified like the doorman at the Blackstone
"No Sah—Ah aint got nuthin to say."
It gave me a bad moment,
I felt sick at my stomach
I was afraid they were hanging Bert Williams.（*Complete Poems* 21）

詩の内容について検討する前に題名について説明しておくと、ウィル・デーヴィスとはイギリスの詩人ウィリアム・ヘンリー・デーヴィス（William Henry Davies［1871-1940］）を指す。放浪者としてイギリスさらにはアメリカを旅して回り、詩や旅の記録を出版した詩人で、ヘミングウェイの詩はこの放浪詩人に向けて書かれた言葉、という体裁を取っている。この詩の主題である黒人の処刑ということに関連して言うと、デーヴィスはその自伝的著作『最高の乞食の自伝』(*The Autobiography of a Super-Tramp*, 1908)の十五章においてアメリカ南部を放浪中に、黒人の囚人が白人群集によって刑務所から引きずり出され処刑される現場に遭遇したときの目撃談を記しており、ヘミングウェイの詩はそのデーヴィスによる報告への応答として読める。デーヴィスの報告では処刑される直前の黒人が「恐怖に取りつかれ(possessed of a terror)」、自制を失い「口から泡をふく」様子を見て、「憐憫よりも嫌悪感で(more with disgust than pity)」一杯になったことが語られている(141)。一方ヘミングウェイの詩では、処刑直前の囚人の恐怖が表現されている点ではデーヴィスの報告と共通するもののその恐怖を露わにしているのは黒人ではなく白人であり、黒人死刑囚は逆に恐れを全く示していないことを考えると、デーヴィスの報告とは対照的である。デーヴィスの報告では群集の怒りを受ける黒人の側に相応の咎があるはずとしてリンチは正当化されており、また自伝におけるアメリカ南部の放浪記録を通して黒人は「凶暴(brutal)」、「野生の獣(wild beast)」のよう(141)、「あまり知的ではない人種(not very intelligent race)」(143)、と敵意と蔑視を露わにした描き方をされている。それに対しヘミングウェイの詩では黒人死刑囚は「威厳がある(dignified)」と書かれており、これらのことを考え合わせるとヘミングウェイの詩は、黒人を指すのに現在では不適切とされる“a nigger”という単語を使用しているとはいえ、デーヴィスの黒人描写への応答、偏見に満ちたその黒人観への反駁と見なすことが出来るように思う。

なお、処刑を目前にした黒人死刑囚と白人死刑囚の対照的な反応を描き出すヘミングウェイのこの詩では、黒人が感情を表に出さず完全な自己抑制を達成しているのに対し白人は恐怖に圧倒され自己をまったく制御できなくなっており、その点でヘミングウェイの黒人表象についてのトニ・モリスンの主張を崩す反証となっている。モリスンは自己抑制という規範を体現する白人男性の引き立て役として、ヘミングウェイ作品では自己を抑制できない黒人が配置されると論じているが、この詩では彼女の論とは異なり、自己抑制不能となる白人と完全な自己抑制を示す黒人が並置されているからである。

この詩の下敷きになっているのは彼が知ったシカゴでの実際の死刑執行である（Reynolds, *Young Hemingway* 214; *Selected Letters* 46）。その執行の様子を伝える新聞記事を見てみると、一緒に死刑を執行された二人の囚人のうち白人は恐怖心を露わにしたのに対し黒人はまったく死を恐れる様子を見せなかった点では事実も詩も一致しているものの、それ以外の点ではヘミングウェイが大幅に事実を改変していることが分かる。処刑の様子を伝える『シカゴ・デイリー・トリビューン』（*Chicago Daily Tribune*）の一九二〇年十月十五日の記事では、処刑を待つ白人と黒人二人の様子が報じられており、白人がすっかり怯える一方黒人は恐れる様子を見せていない点では詩と同じある。記事はまずギャングの一員だった白人フランク・カンピオーネが処刑を目前にして「カンピオーネはほとんど崩れ落ちそうになった（Campione nearly collapsed）」と体の自制を失い、さらに「彼はすすり泣いた（he sobbed）」と怯えきったさまを伝えたあと、次に対照的な黒人死刑囚ジョン・リースの様子を説明している。記事とヘミングウェイが創作した詩との重要な違いの一つ目は、詩では白人死刑囚が一言も話さず、司祭が囚人に対し「彼にはまったく分からない言葉で」話しかけた、とあるように英語を理解できないという設定になっているのに対し、記事の実際の白人死刑囚は司祭に「私を自由にしてください（let me go, please）」と訴えかけ、その訴えを聞いて「驚いた司祭」は死刑囚に対して「彼の勇気」を「求めた」と書かれている。つまり記事の報告では白人死刑囚と司祭の間では言葉による意思疎通が成立しているのに、ヘミングウェイの創作によって詩では、両者の間に言葉によるコミュニケーションがまったく成り立っていないという話に作り替えられ、白人死刑囚には言葉による伝達ができないことが強調されている。[1]

記事とヘミングウェイの詩との重要な違いの二つ目は、ヘミングウェイの詩では黒人死刑囚は冷徹とも思えるほど一切感情を表さないが、一方記事が伝えるリースは辛かった現世からようやく解放されるのを喜び、「微笑む（smiling）」のである。さらにヘミングウェイの詩の黒人が寡黙でたった一言「何も言うことはありません」と言い放つのに対し、記事が報じるリースはむしろ死を前にして饒舌であり、死に赴く彼を見守る牧師に「私は安息を得るんです（I am going to rest）」と語り、さらに「私には文句はまったくありません（I have no complaint）」、「全能なる神が私に気を配ってくださるでしょう（God Almighty will take care of me）」と来世への希望、神への感謝を口にする。この違いは、詩によって提示される、寡黙でただ一言司祭に冷たく言葉を言い放つ黒人死刑囚の人物像が、ヘミングウェイによる完全な創作であることを意味する。

このヘミングウェイの改変により創作された白人像についてまず考察を行うと、元の事実と同じく彼は恐怖で自分の身体を制御できなくなるが、下敷きとなった事実では囚人は自分の恐怖心を言語で表現することができているのに対し、創作された詩では白人死刑囚は恐怖を言語によって伝えることができずただ沈黙し、それでも彼を圧倒する恐怖は身体的な反応によって表され、可視化されているということができるだろう。そして新聞記事では「すすり泣いた」と囚人は喜怒哀楽を率直に表しているのに対しヘミングウェイの詩では囚人は泣かずまた泣き言も言わない。しかし彼が感じている恐怖は、新聞記事で報じられている「崩れ落ちそうになった」という身体反応をさらに誇張した、看守たちに支えられさらには司祭に倒れかかるという所作によって、そしてヘミングウェイの完全な創作である口から垂れて顎からしたたり落ちるよだれ、という意思の制御を越えた不随意の生理反応によって表され、強調されている。

詩の題名にあるウィル・デーヴィスの著作で処刑を前に恐怖で口から泡をふく黒人が侮蔑的に描かれているのは違って、ヘミングウェイの詩では口から垂れるよだれは囚人を軽蔑的に描くために書き加えられているわけではない。そのことは、この詩の描写を、ヘミングウェイが一九二二年に文芸誌に発表した別の詩と合わせて読むとはっきり分かる。非常に短い詩なので題名を含め全文を引用する。

究極的には

彼は真実を吐き出そうとした。
最初は口を乾かせ
最後に彼はつばを出し、よだれを垂らした。
真実が彼の顎からしたたり落ちた。

Ultimately

He tried to spit out the truth;
Dry mouthed at first,
He drooled and slobbered in the end;
Truth dribbling his chin.　（*Complete Poems 39*）

この詩では「つばを出した（drooled）」、「よだれを垂らした（slobber）」、そして「顎からしたたり落ちた」といった死刑囚の詩とほぼ同じ言葉が使われているだけではなく、死刑囚の詩で恐怖の発露として用いられていたその垂れるよだれが「真実」の表現あるいは啓示として際立たせられていることが分かる。この二つの詩を一組になった表現と考えるなら、不随意の生理的反応は言語による伝達を阻まれた心の内を表現するものであり、口に出せない強い感情、真実を露わにするものとして提示されていると言うことができるだろう。言葉で語れないものの抑えきれない感情、それは、戦争によるトラウマいわゆるシェル・ショックに苦しめられながら、そのトラウマを公にできないヘミングウェイが常に向き合わざるを得ない問題であったはずだし、自分の心の中の感情を言葉で表現できない困難さ、彼の苦しみがこれらの詩では示唆されていると考えられる。実際、ヘミングウェイにとって表現が困難で自作で書き表すのに長い年月がかかったという戦争の恐怖とそのトラウマは、初期の作品では帰還兵ニックの釣りの最中での突然の手の震え、後にはそのニックが突然思い出す、砲撃の恐怖に体の震えが止まらない兵士たちと彼自身の姿といった不随意の身体的反応として提示されている。(2)

シェル・ショックに関して文学史家エレン・ショーウォルターは思慮深い考察を行っており、彼女の指摘は今検討している詩の中の不随意反応、そしてヘミングウェイ文学を理解する上で大きな助けとなる。感情の抑圧を男性的理想と見なす文化の中で生まれ育った男性たちは「沈黙させられ動きを封じられ」そして彼女の関心の中心であるヒステリーの女性たちと同様に「彼らの葛藤を身体を通して表すことを強いられた」と彼女は論じる(171)。その上で彼女は、「男らしさの核心が苦情を言わないことであるなら、シェル・ショックは男性的な苦情のボディー・ランゲージであり、戦争に対してだけでなく『男らしさ』という概念そのものに対する男性の偽装された抗議（disguised male protest）なのだ」と論を進める（172）。この彼女の主張を敷衍すれば、ヘミングウェイが描くシェル・ショックの兵士と同じく不随意の身体の動きによって自己抑制の不可能性を露呈させる死刑囚は、男性に感情の抑制を強いる社会規範に対し、黙ったまま身をもって抵抗している、と言えるだろう。

一方黙ったまま制御不能の身体を通して耐えきれない恐怖を表す白人死刑囚とは対照的に、怯えた様子をまったく見せることなくただ一言「言うことは何もありません」と司祭に言い放つ黒人死刑囚は、白人死刑囚とは違ったかたちで自己抑制という規範への抵抗を示している。あるいはショーウォルターの言い方を借りるなら、ヘミングウェイは不随意の身体反応とはまた別に、黒人の仮面を使ってもう一つの「偽装された抗議」を男らしさの規範に対して表明していると言ってもいい。詩でまったく感情を表に出さない黒人死刑囚は、感情の制御を求め泣き言や文句を言わないことを要求する社会的要請に完璧なかたちで従いながら、そうした要請に応じる姿を極端なかたちで実演することによってその要請の非情さあるいは非人間性を見せつける。間近に迫る死に怯むことなく「真っ直ぐに立ち」そして「威厳がある」黒人の態度は、お仕着せを着た「ブラックストーン・ホテルの門衛」のように無個性的でまた「ブラックストーン」つまり「黒い石」という名の如く硬質で冷たく、個人的な交流を拒む格式ばったものとなっている。そして感情をまったく見せないその完璧な自己抑制はそれを見る観察者「私」に尊敬の念を感じさせるよりむしろ当惑させるのである。

黒塗り顔のコメディアン、バート・ウィリアムズ

この仮面を被ったように無表情な黒人は「バート・ウィリアムズ」を思い起こさせたと書かれているが、ここで言及されているのは白人が黒人を演じるミンストレル・ショーに倣って黒塗り顔でパフォーマンスを行った名高い黒人コメディアンの名前である。

そのバート・ウィリアムズと重ね合わせられるこの黒人死刑囚は、黒人自ら黒人のステレオタイプを演じたウィリアムズのように白人が黒人に求める役割を完璧なかたちで演じているが、要求の従順な受け入れではなくその完璧な演技を通してむしろ要求への抵抗を示している。ヘミングウェイが詩の下敷きにした実際の処刑の記事では、黒人死刑囚は「私にはまったく文句はありません」と司祭に語り、苦しみに満ちた現世からようやく解放されるのを喜び来世への期待を語っており、白人読者にとって模範的な黒人と呼べるような受け答えぶりが記されている。つまり不平を言わず人生の苦しみをひたすら耐え忍ぶ黒人、と言っていい。一方この実在の死刑囚をモデルにヘミングウェイが詩で創作した黒人死刑囚は司祭にたった一言「何も言うことはありません」と告げ、あとは沈黙を守る。苦しみに耐え一切不平を言わない、という白人が黒人に課す要求を切り詰めた言葉にして白人に叩きつけ、服従ではなく反逆の姿勢を鮮明に打ち出すのである。そして言葉と共に感情を一切表に表さないその完璧な自己抑制の実演によって、自己抑制という社会的要求の非人間性を可視化し見せつける。

さらにその完璧で非人間的な自己抑制の実演は同時に、詩で提示される白人権力者すなわち司祭と裁判官の態度を模したものにもなっている。白人によって演じられた黒人像をさらに黒人が模倣することでウィリアムズがミンストレル・ショーの形式にひねりを加えたように、この黒人死刑囚は白人による黒人の模倣というミンストレル・ショーの形式を逆転させて、社会が求める役割を演じる白人たちを極端なかたちで模倣しそのいびつさを示しているとも言える。恐怖で自分の身体を制御できなくなる白人死刑囚に対し司祭が耳元で話しかける言葉は、死刑囚には理解不能の外国語であり意味をなさない。その無意味な言葉を「早口で語り」続ける司祭は、法執行組織の中で制度上割り当てられた役割をただ果たしているにすぎず、その言葉には何ら感情は込められていない。そうした言葉の冷淡さは、ヘミングウェイが創作によって書き加えた裁判官の宣告においても同様であり、そして一層際立たせられている。処罰の方法について「死ぬまで首を吊るされる」と告げる裁判官の超然たる言葉は、一切感情に左右されない、完璧な自己抑制を体現しているといってもいい一言ではあるが、刑罰の規定を定めた法律書の文言をただ読み上げたような一言であり、無個性的で非人格的、そして非人間的な性質を帯びている。

一方、処刑される直前になってもまったく恐れを見せない黒人死刑囚もやはり完璧な自己抑制を示しており、一見したところその態度は裁判官と類似している。定められた役割を粛々と果たす裁判官が、法廷での正装とおぼしき「黒い帽子」を被っていると書かれているのに呼応するように、感情を表さない黒人死刑囚の超然とした様子は「ブラックストーン・ホテルの門衛のよう」つまり制服に身を包んだ者の職業的態度のようだと形容されており、二人の共通性が印象づけられているように見える。しかしながら二人の態度は似て非なるものであり、黒人死刑囚が表す態度は裁判官の態度の擬態とでも呼ぶべきものとなっている。裁判官は制度上決められている役割をただいつも通り事務的にこなしているにすぎないが、黒人死刑囚は感情を押し殺しつつも、その場で自分に対し周囲が期待し、予想している役割を演じることを断固として拒否している。処刑に際し聖職者から言葉をかけられる死刑囚に期待されるのは、改悛や祈りの言葉であれ、あるいは実際の処刑を報じる新聞記事の黒人のように神への感謝の言葉であれ、敬虔で恭順な態度を表す発言であろう。ところが黒人死刑囚はそうした恭順さとはまったく逆に、司祭の形式的で空疎な言葉を遮り「何も言うことはありません」という一言を叩きつけ、目の前の権威者に対し気持ちを明かすことを拒絶する。彼の言動によって示されるのは権威そして社会的慣習への不服従である。

このように社会が黒人そして白人男性に求める自己抑制を完璧なかたちで実演する黒人死刑囚を見て、詩の語り手「私」は感服しつつも困惑し動揺する。ここで元の新聞記事とヘミングウェイの詩を読み比べてみると、死への恐怖をまったく表さない黒人死刑囚についての語り手の受けとめ方の違いが明瞭となる。新聞記事の記者は死を恐れない黒人にただただ驚嘆しているが、一方ヘミングウェイの詩で「私」と自らを呼ぶ一人称の語り手は完璧な自己抑制を示す黒人に対し感嘆すると同時に戦慄を感じている。「威厳があった」と彼が形容する黒人の沈着冷静さに敬意を表する一方で、処刑に際し感情をまったく表に出さない黒人を見て「胃のあたりが気持ち悪くなった」と感想を漏らしている。この詩の語り手が感じた吐き気、生理的不快感はある程度は、威厳があると彼が考える立派な態度の黒人が無慈悲に処刑されるという、状況の残酷さに由来するのかも知れない。だがその生理的な受け入れ難さは同時にまた、完璧なまでの自己抑制という死刑囚の振る舞いに対して感じられたものなのではないか、とも思える。

というのもヘミングウェイは、処刑されるときに人間離れした平静さを保つ人物を間近で見て驚愕し、生理的不快を感じる目撃者の話を別のところで書いているからである。短編『今日は金曜日』（"Today Is Friday," 1927）はイエス・キリストの処刑に立ち会った三人のローマ兵士の酒場での会話によって構成されており、三人はともにその受刑者が刑を甘受するさまに強い印象を受けている。一人の兵士は、受刑者が十字架に架けられ手に釘を打ち込まれていたにもかかわらず「彼は今日あそこでとても立派だった（he was pretty good in there today）」ということへの驚きを何度も繰り返し語り、また別の一人は「胃の不調（a bad stomach）」を訴え続け「ひどく気持ちが悪い（I couldn't feel any worse）」と話す（*Complete Short Stories* 271-272）。キリストの神性についてまったく承知していないこの兵士は、人間の肉体を備えながら極度の苦痛に対し超然としている不可解な存在に当惑し生理的な気持ちの悪さを感じずにはいられないわけである。

自己抑制が極限の域に達し、生身の人間であるはずの存在が人間ならざるものに見えてくる異様さ、それが短編「今日は金曜日」そして翻って今問題にしている詩「ウィル・デーヴィスへ」において表現されていると言っていいのではないだろうか。そして詩が提示する黒人死刑囚においては、異様なまでの自己抑制は奇怪な仮面のイメージと分かちがたく結びついている。ミンストレル・ショーの仮面を想起させる完全な無表情。しかもその仮面は浮かれ騒ぎや笑いではなく吐き気、戦慄を引き起こす不気味さを醸し出している。

ヘミングウェイがこの詩においてその名に言及しているバート・ウィリアムズのパフォーマンスは奇しくも、ハーレム・ルネッサンスの研究者ヒューストン・ベイカー・ジュニアが「形式の習得（the mastery of form）」と呼ぶ表現戦略の、先駆けとして取り上げているものである。ベイカーのいう形式の習得とは、アフリカ系アメリカ人が自分たちに押しつけられたステレオタイプを模倣しつつ、そのいびつさと奇怪さ、「仮面に内在する不条理（the absurdity implicit in the mask）」（20）を露わにする表現の方法を指す。マイケル・レノルズによるとヘミングウェイはシカゴでウィリアムズの公演を実際に見たというが（*Young Hemingway* 215）、そのパフォーマンスに強く心を動かされたのに違いない。そう考えるのは、今問題にしている死刑囚の詩においてこのパフォーマーへの言及が要となっているからというだけではない。ウィリアムズを連想させる死刑囚と通じ合う、そしてベイカーのいう形式の習得をまさに体現するような黒人たちを、他の作品でも登場させているからだ。すなわち、黒人のステレオタイプを演じつつその奇怪さを浮き彫りにする黒人たちである。

例えば短編「格闘家」（"The Battler," 1925）では、へりくだった態度で常に微笑みを浮かべているもののその本心をまったく見通せない黒人バグズと出会い、主人公ニックは当惑する。また『日はまた昇る』では、笑い顔が「全部歯と唇（all teeth and lips）」（62）と形容される黒人ドラマーが、主人公ジェイクの性的不能をなげくブレットの背後で歌を絶叫し、その光景は「悪夢（a nightmare）」のようだと小説では説明されている（64）。また前章で紹介した『エスクァイア』記事のヘミングウェイを名乗る黒人は、まさにミンストレル・ショーの演者の如くエンターテイナーでありつつ同時に聴衆を恐怖の底に突き落とす存在として提示されており、やはり今挙げた黒人たちの系譜上に位置づけられる。らい病らしき病気の痕という可視的なスティグマを負ったこの黒人は「恐怖に圧倒されたツーリストの集団を話でもてなしている（regaling a group of rather horror stricken tourists with a tale）」と記事では説明されている（*By-line* 193）。

ただ『エスクァイア』の記事と初期のこれらの作品を除くと、前章で指摘したように真剣な創作では黒人自体が作中にほとんど登場せず、見る者を困惑させる仮面をかぶったような黒人は見当たらなくなる。しかしその後の作品では、詩で描かれた黒人死刑囚や「格闘家」のバグズを引き継ぐかのように、感情を見せず仮面をまとったような白人たちが登場する。その典型が短編「殺し屋」（"The Killers," 1927）で全く感情を示さず、裏切り者の処刑という任務を粛々と進める殺し屋たち、そして彼らに殺されるのをただじっと待つ元ボクサーである。

前述の詩において、感情を表に出さない黒人死刑囚が黒塗り顔のヴォードヴィル芸人バート・ウィリアムズに喩えられていたのとちょうど呼応するように、極端な自己抑制を示すこの殺し屋たちは作中で「ヴォードヴィルのチーム（"a vaudeville team"）」（*Complete Short Stories* 219）のようだと形容される。さらには黒塗り顔の代わりに白塗りのメーキャップをしたかのように、殺し屋の仮面のような顔の白さが強調されている。同じ黒いコートに身をつつみ、「双子（twins）」（216）のようだと形容される二人のうちの一人について、その個性と感情が欠落した顔つきは「彼の顔は小さくて白かった（His face was small and white）」と描写されているのだ（215）。ホワイトネス・スタディーズでは、“whiteness”（白人性、白人らしさ）の“invisibility”（不可視性）ということが概して強調されるが、この物語では肌の「白さ」は極端な自己抑制と結びついた無感情な冷血ぶり、人間らしさの欠如を表すしるしとして逆に可視化されていると言えるだろう。(3)

そう考えると、ウィリアムズのパフォーマンスに触発されたヘミングウェイが、ベイカーのいう形式の習得という方法を、白人の立場に置き換えて実践したのではないかと思えてくる。つまりヘミングウェイは、黒人が黒人のステレオタイプを演じるという方法を転用し、自己抑制のできる男性という社会が期待する白人男性像の過剰なかたちでの実演を示して見せたのではないか、ということだ。

実際、ヘミングウェイ自身マスメディアを通して恐れを知らずどんな状況でも沈着冷静な男性という自己イメージを提示しているが、ときにはそのイメージが読者に求められる姿を誇張して演じたものであることを自ら暴露している。狩猟やマカジキ釣りについて書かれた『エスクァイア』の記事の中の一つは、そのようなヘミングウェイの屈折した自己演技を典型的なかたちで表している。その記事でヘミングウェイは、自分がかつて『エスクァイア』の読者から手紙で、旅の話題をするのに呑気さが足りないと批判を受けたことがある、と読者の声に言及したあと、鮫を銃で仕留めようして自分の脚を撃ってしまったハプニングについて次のように語る。

もっと呑気になろうとして、記者は最終的に片方の手で鮫を鉤で引き揚げながらもう一方の手で自分の両足を撃ち抜いた。これが読者を喜ばせるのに出来る精一杯のことだ。(This is as far as he will go in pleasing a reader.)(*By-line* 199)

銃で足を撃ち抜きながら気にせず釣りを続けるヘミングウェイ。ここで提示されているのは、自分が所有する船で釣りを楽しむ裕福でゆとりある男性であり、そして同時に痛みや苦しみ、危険にもまったく動じることなく常に堂々として沈着冷静な男性像である。しかも一方で、その男性像が「読者を楽しませる(pleasing a reader)」ためのもの、あるいは読者が言うようにもっと「呑気に(casual)」なろうとして提示しているもの、つまり読者の期待に応えるために演じられたものであることも明らかににしている。この記事でヘミングウェイは自らを聴衆の期待する役割を演じなければならないエンターテイナーとして捉えており、しかも自分に期待あるいは要求されるイメージを極端なまでに誇張しそのいびつさを提示している。そうした彼の自己イメージは、自作の詩の中で言及している黒塗り顔の黒人芸人、黒人のステレオタイプを屈折したかたちで演じたバート・ウィリアムズのイメージとも通じ合う。

三.〈ハードボイルド〉な兵士と『武器よさらば』

ヘミングウェイが自己抑制を、白人である彼に対し社会が求める規範として強く意識していたのは確かである。そしてさらには彼自身が、自己抑制というポーズを、自分の真の姿を隠すための仮面として用いていたのは間違いない。というのも第三章で検証したように、シャーウッド・アンダソンが戦争の恐怖に囚われ続ける元兵士を感情の支配ができない男性失格者として描いたのに反発し、ヘミングウェイは自らのトラウマを隠し、戦場で危険を潜り抜けた者は感情に左右されない「良きハードボイルドの兵士」になると主張しているからである。

実戦経験のある兵士は人を殺して動揺することなどなく、怪我を負いながら殺されずにすんだ兵士は鍛錬されて恐怖に動じなくなるというのが、すでに第三章で確認した『春の奔流』におけるヘミングウェイの説明であった。自分自身が殺される危険についても、他人を殺すことに対しても、まったく動じず心を動かされない「ハードボイルド」な兵士。それが自分のトラウマを隠してヘミングウェイが提示した、危険をかいくぐった白人兵士のイメージであると言えるだろう。そしてここで『武器よさらば』に目を転じると、このまさに「ハードボイルド」な兵士のイメージと一致するかたちで、主人公フレデリックの言動が作り上げられていることに気づく。彼は瀕死の負傷を負った後も恐怖をまったく示すことなく、戦場に戻って冷静に職務を果たし続ける。

そして小説の山場カポレットの退却では、命令違反者を冷徹に殺すにいたるのだ。
このように感情にまったく左右されないフレデリックの極端な自己抑制は、短編「殺し屋」の殺し屋たちの場合と同様に、彼が白人であることとはっきり結び付けられている。そのことを示すのが、恋人のキャサリンが彼をシェイクスピア劇のオセローになぞらえるときの彼の反応である。小説の後半で軍隊からの逃亡を果たした後、やることのなくなったフレデリックをキャサリンが、「仕事がなくなったオセローね（Othello with his occupation gone）」とからかうと、フレデリックは「オセローは黒ん坊だ（Othello was a nigger）」「それに、僕は嫉妬していない（Besides, I'm not jealous.）」と返答し、黒人であるオセローとの類似を即座に否定する（257）。ここでキャサリンがオセローに言及する台詞は、『オセロー』で、妻の不義をでっちあげた密告を聞いたオセローが逆上して叫ぶ次の言葉に基づいている。「ああ今や永遠に／さらば平穏な心よ！　さらば満足よ！／さらば羽毛の飾りをつけた軍隊、大きな戦争よ［……］（O now, forever / Farewell the tranquil mind! Farewell content! / Farewell the plumed troops and the big wars［……］）」（*Othello* 3.3）
このシェイクスピア劇を踏まえてのフレデリックの応答は、心を乱され、冷静な思考ができなくなる黒人キャラクターと自分とは何の共通性もない、という自己認識を示している。実際、感情と衝動の抑制という点でオセローとフレデリックは対照をなす。虚偽の密告でオセローを苦しめる張本人イアーゴーから「ご辛抱ください！さもないと、感情に支配されてしまって、まったく男とは言えぬと申し上げなければなりません（Marry, patience! / Or I shall say you're all in all in spleen, /

And nothing of a man.)」(*Othello* 4.1)と自制を求められるが、オセローは妻への怒りのあまり卒倒してしまう。一方、嫉妬に狂うこうしたオセローとは対照的に、フレデリックのキャサリンとの関係において強調されているのは落ち着きと心の平静である。

このように感情に支配される黒人と自らを峻別し、徹底した自己抑制を貫くフレデリックをめぐっては、批評家たちの評価は二つに割れている。その一方にいるのがコード・ヒーロー論の創始者ロバート・ペン・ウォレンで、彼はフレデリックを「偶発的な衝動」にただ従う人々とは区別される、「規範と規律(the code and the discipline)」を表すヒーローとして賞賛している(2-3)。しかし他方で、多くの批評家は感情が欠落しているようにも見えるフレデリックをヒーローと見なすのを躊躇している。フレデリックをはっきりとヒーローの対極に置く見方すらあり、フレデリックを「アンチ・ヒーロー」と規定したデルバート・ワイルダーは、命令に従わない兵士を銃殺するフレデリックを「非人間的(inhuman)」な存在だと見なしている(78)。また作家ウィンダム・ルイスも、フレデリックを非人間的な存在と見なし、フレデリックのストイシズムは「思考を受け付けない鈍感さ(imperviousness to thought)」にすぎず(*Men* 22)、彼は「麻薬を与えられた操り人形たち(“drugged or intoxicated marionettes”)」の一人なのだ、と形容している(23)。

こうした批評家たちの相反する評価は、同じコインの表と裏を表していると考えられる。つまり、ロバート・ペン・ウォレンが言う「規範と規律」を体現する白人男性が、見方を変えれば非人間的な存在でもあることをフレデリックはその言動によって露わにしているのだ。阿鼻叫喚の地獄のような戦場で感情を示すことなく、課せられた役目を粛々と遂行するフレデリックは、確かにウィンダム・ルイスが言うように、無感覚な、自らの意志を欠いた人形じみて見える。批評家ダイアン・ハーンドルは、「男たちを殺人機械に作り変える」ための「感覚の麻痺、そして感情の欠落としての男らしさの観念（a notion of masculinity as numbness, as lack of feeling）」にフレデリックが従っている、と述べているが（45）、彼女の主張は核心を突くものと言える。[4]

四．仮面を被った演技者、フレデリック

もっとも、与えられた役割をこなすフレデリックが表情の変わらない人形のように見えるとしても、だからといって彼が本当に何も感じず何も考えずにいるということにはならない。果たさなければならない役割と、その役割を演じる個人の中身との不一致、外見と内面との不一致がこの小説では他方で強調されており、フレデリックは自らを仮面をつけた演技者として意識している。そのことは、自分は「仮装者（a masquerader）」（243）のようだと語る彼の独白にはっきりと表れている。

批評家ピーター・メッセントはいみじくも、フレデリックを「偽りのアイデンティティの下で、演技をする主人公（a central protagonist who performs under a false identity）」（59）と評しているが、実際、小説全体を通して強調されているのが、彼の外見と中身とのズレである。そのズレは、フレデ

リックがアメリカ人であるにもかかわらずイタリア軍に属し、イタリア軍の制服を身に着けているという設定によって印象づけられている。着ている人間と制服との食い違いのために、周囲からは正体を怪しまれるのであり、カポレット退却の際には紛れ込んだ敵だと思われて処刑されそうになる。そして軍から逃亡し制服を脱ぐと、今度は皮肉にも常に身元を偽り続けなければならないのだ。

感覚や感情が欠落しているようにも見えるフレデリックの超然とした態度も、演技あるいは仮面に他ならない。というのも、彼は完成した小説では負傷に動じた様子を全く見せていないものの、草稿の段階では傷の痛みとトラウマに苦しんでおり、完成稿でも注意深く読むと彼のトラウマが示唆されているのに気づくからだ。

マイケル・レノルズによると、草稿ではフレデリックは傷の手術を受けたあと、極度の痛みに苦しみ続けながら、痛みという感覚を人間に与えた神のことを考え、声は出さずに「泣きに泣いた（I cried and cried）」と書かれていた。さらにその後のトラウマについても説明され、「暗闇では［……］痛みが再びやって来て、過ぎ去った危険が戻ってくる。死が暗闇の中でやって来る」と記されていた。しかしそれら一旦は書かれた説明は、その一切がヘミングウェイ自身によって削除されたという。（*First War* 37-38）。

しかしはっきりとした記述が削除されたからといって、負傷の恐怖とトラウマが完成版のフレデリックという人物自体から無くなってしまったわけではない。完成版でも彼が夜中に目を覚まし長い間起きたままでいる、というさりげない記述が何度か挿入され、また神についての牧師との会話の中で、彼は「僕はときどき夜に彼が恐ろしくなります。(I am afraid of Him in the night sometimes.)」と語っている(72)。こうした記述は、草稿段階で割愛された、暗闇の中で蘇ってくる負傷時の恐怖と痛み、痛みを人間に与える神についての思索、といったものがフレデリックに依然としてつきまとっていることを示唆している。

このように物語におけるフレデリックの外見と中身とのズレ、まったく感情に動かされないように見える表面上の態度とトラウマによる不眠という実情との不一致を知った上で、キャサリンによってフレデリックがオセローになぞらえられている事実を再考してみると、フレデリック本人による類似の意識的な否認とは裏腹に、小説そのものは両者の密かな類似をほのめかしているように思える。というのもキャサリンとフレデリックが依拠する、先に引用したオセローの台詞には「平穏な心よさらば!満足よさらば!(Farewell the tranquil mind! Farewell content!)」という言葉が含まれており、この言葉はトラウマに苦しむフレデリックにまさしく当てはまるからである。

またイタリアの異邦人というフレデリックの立場もオセローと重なるものであり、ヘミングウェイは後にイタリアを舞台にした小説『河を渡って木立の中へ』(*Across the River and into the Trees*, 1950)の主人公で、フレデリック同様に第一次大戦においてイタリアで戦ったアメリカ人の軍人を、やはりオセローになぞらえている(230)。そして『武器よさらば』は軍隊から逃亡したフレデリックをオセローと関連づけることによって、黒人、そしてシェイクスピア劇の設定にある元奴隷という身分と緊密な連想上のつながりを作り出しているように見える。現に、大敗走の混乱の中で敵前逃亡者かスパイのいずれかではないかと疑われ処刑されそうになったために軍隊から逃げ出した後のフレデリックは、逃亡奴隷とほとんど変わらない状況に置かれる。そして逃亡のさい川に飛び込んでずぶ濡れになった軍服以外、何一つ持ち合わせていない彼を友人が一時的にかくまい、平服を与えてくれる場面では、その友人は前章で触れた『誰が為に鐘は鳴る』のジプシーさながらに、悲哀を感じさせる黒人の歌を口ずさむ。「俺は窮地にいるんだ」とフレデリックが告げると「俺はいつでも窮地にいるよ」と応じるその友人は、売れない歌手であり（241）、客が気に入ろうが気に入るまいが自分は歌うのが好きだ、と言って「アフリカーナ（Africana）」という歌を歌うのである（242）。この歌を通して「アフリカ人」に重ね合わせられるのは、社会の周縁でぎりぎりの生活を送るフレデリックの友人である。だが生き延びるにはその友人にすがるしかないその場のフレデリックもまた、友人と同じく「アフリカ人」に重ね合わせられていると考えられる。

五．逃亡奴隷としてのフレデリック、兵士という奴隷

実際、ヘミングウェイが逃亡兵となったフレデリックを逃亡奴隷と重ね合わせていたのは確かである。というのも実は『エスクァイア』でヘミングウェイなる黒人が語る自作解説では、『武

器よさらば』の逃亡劇は『アンクルトムの小屋』の中の逃亡奴隷の逸話と同一視されているからである。ヘミングウェイを名乗る老いた黒人は過去の自分の代表作について次のように解説を行う。

別の日の午後、ベランダに座り葉巻を楽しみながら記者は、その老人が恐怖に圧倒されたツーリストの一団を、彼が「武器への呼びかけ」と呼ぶように主張する本をどんなふうに書いたかという話でもてなしているのを耳にした。奇妙なやり方で彼はその話の筋書きを別のベストセラーである「アンクルトムの小屋」と混同しており、キャサリン・バークレー嬢が血に飢えた犬を使って氷の上でイタリア軍を追う一節をどんなふうに書いたのかについての彼の説明は、あまりリアリスティックではないとしても刺激的な浮かれ騒ぎとなっていた。

(*By-line* 193)

『武器よさらば』(*A Farewell to Arms*) という書名が黒人の混同によって「武器への呼びかけ」("De Call to Arms") という書名へと変換され、集団リンチの招集というイメージを付与される。そして『武器よさらば』という主人公の軍からの逃亡の物語は、『アンクルトムの小屋』(*Uncle Tom's Cabin*, 1852) との混同によって、黒人奴隷の逃亡の物語と重ね合わせられる。

このヘミングウェイによる意図的な混同と重ね合わせでは、『アンクルトムの小屋』の最初に物語られる、アンクルトムと同じ主人に所有されている黒人女性とその子供の逃亡の逸話が下敷きにされている。小説『アンクルトムの小屋』は冒頭、トムの主人が借金を作って返済できなくなり、借金のかたに自分の所有する奴隷を奴隷商人に売らざるをえなくなる、というところから話が始まる。トムともう一人、子供の奴隷も一緒につけて譲れと商人に迫られ、主人は仕方なく同意する。そしてその会話を聞きつけた子供の母親イライザは、我が子が奴隷商人の手に渡る前に子供と一緒に逃亡することを決意する。『エスクァイア』でヘミングウェイを名乗る黒人が『武器よさらば』と『アンクルトムの小屋』を混同して語る、主人公が「氷の上（over the ice）」を逃げる場面というのは、『アンクルトムの小屋』第七章で逃亡奴隷となったイライザが州境の河の凍った水面の上を子供を抱いて渡る箇所を踏まえている。ヘミングウェイを名乗る黒人が物語る氷上での主人公の逃亡劇は「あまりリアリスティックではないとしても刺激的な浮かれ騒ぎ（mirth provoking if it had not been so realistic）」となっていたと説明されているが、その原典である『アンクルトムの小屋』の逃亡劇もリアリスティックとは言いがたい荒唐無稽さが際立つ逸話となっている。追っ手が間近に迫ってきてイライザは必死に、水面が凍りしかもそれが割れて流氷のように漂っている氷塊の上を、子供を抱えたまま飛び跳ねて渡る。その様子は「その目の眩むような瞬間に、彼女の足はほとんど地面についていないように感じられ、一瞬で対岸に着いた」と書かれている（Stowe 117）。

このように『武器よさらば』で軍隊から逃亡する兵士フレデリックの物語と逃亡奴隷の物語を

重ね合わせることによって、ヘミングウェイは脱走兵と黒人逃亡奴隷との共通性・類似性を『エスクァイア』の記事では示唆している。

それだけではない。脱走兵と逃亡奴隷の共通性を意識していたことに加えて、ヘミングウェイが兵士全般を奴隷に等しい存在と見なしていたことは間違いない。そのことは、『武器よさらば』を逃亡奴隷の物語だとする見方が示された記事の五ヶ月後『エスクァイア』に発表された別の記事にはっきりと書かれている。一九三五年九月号に掲載された、欧州の新たな戦争にアメリカが参戦することに強く反対する記事の中でヘミングウェイは好戦的なプロパガンダを批判し、徴兵された日から「人は奴隷になる（you will be a slave）」と訴えている（*By-line* 205）。

そしてこの記事では、死を恐れず戦い国に命を捧げることを美化することで国民を戦争に動員しようとする動きに抗って、「近代戦では、死ぬことにおいて何ら甘美さもふさわしいものもない。人は何の理由もなく犬のように死ぬ（You will die like a dog for no good reason.）」とヘミングウェイは力説する（209）。国民動員体制に抵抗する彼のこうした訴えにおいて、兵士を奴隷と断じる主張と、恐怖に耐えることを強いる社会的強制への反発は一つに結びつく。彼は、自ら戦争に行きたいと望む人間は戦闘で真っ先に殺され、戦争の残りは「奴隷の身に落とされて武器を担がされ（enslaved into the bearing of arms）、前線に留まったり攻撃する場合に起こり得る死より、逃げ出した場合に士官がもたらすより確実な死を一層恐れるように教え込まれた男たち」によって戦われると説明している（210）。この脱走兵の処刑についての説明は、『武器よさらば』で敵前逃亡者だと士官に思われたフレデリックが銃殺されそうになり実際に軍隊から逃げ出すことになる、という小説の山場を想起させるものとなっている。

『武器よさらば』の脱走兵フレッドを黒人あるいは逃亡奴隷と重ね合わせ、さらに兵士全般を奴隷と見なす見方は、『武器よさらば』執筆後に思いついたのではなく、『武器よさらば』執筆に先立ってヘミングウェイの念頭にあったはずである。というのも、『武器よさらば』執筆以前にヘミングウェイが読んでいたウィラ・キャザー作の戦争小説『我らのひとり』(*One of Ours*, 1922)において、第一次大戦中の脱走兵がまさに黒人奴隷に喩えられているからだ。

ヘミングウェイは『春の奔流』の中で帰還兵ヨギに、『我らのひとり』の戦争描写を現実離れした空想として酷評させているが、批評の俎上に載せるほどにその小説をきちんと読み込んでいたのは間違いない。第一次世界大戦で危険を恐れず敵陣に突撃し命を落とす、志願兵のアメリカ青年を主人公とするこのキャザーの小説では、第一次大戦が勃発した際に、主人公の暮らす中西部の田舎町が戦争の報道で騒然とする様子が描き出されている。町の人々は、ドイツの多くの脱走兵をかくまい、逃走を手助けしたベルギーの看護婦を、ドイツ軍が捕らえ銃殺刑に処した、という新聞記事を話題にし、その記事によって、ドイツの蛮行をアメリカは傍観するわけにいかない、参戦すべきだ、という機運が一機に高まる。そして当時有名だったその実在の看護婦、イーディス・キャヴェルの処刑について、主人公の母親は「ジョン・ブラウンを絞首刑にするようなものだ」と口にするのである(214)。つまり黒人奴隷解放のために実力行使に訴え、黒人の武装蜂起を企てたために処刑されたジョン・ブラウンと、ドイツ軍から兵士を自由にしようとして処刑された看護婦が重ね合わせられているわけであり、言い換えれば救済の対象となる黒人奴隷と脱走兵が同列に扱われているのに等しいとも言える。

イーディス・キャベルの処刑は第一次大戦時に戦意を高めるため連合国によって盛んにプロパガンダに利用されたものであり、畠山研はイーディス・キャヴェルの逸話が『武器よさらば』の下敷きになっていることを詳細に論じている。換言すると、脱走兵の逃亡を手助けした看護婦キャベルについての歴史的逸話、そしてその史実に基づくキャザーの小説の中の挿話が、看護婦キャサリンに救われる脱走兵フレデリックの物語『武器よさらば』の先行テクストになっていると考えて差し支えないだろう。黒人奴隷のような境遇に置かれた脱走兵に救いの手を差し伸べる白衣の天使、という基本プロットにおいてキャザーの小説中の挿話と『武器よさらば』は共通する。

しかしながらここで注意する必要があるのは、『我らのひとり』においては脱走兵と逃亡奴隷との重ね合わせが、アメリカの第一次大戦への参戦を正当化するための方策として用いられているということである。この重ね合わせでは脱走もその幇助も決して許さないドイツ軍の抑圧性が強調される一方で、そのドイツと戦うアメリカは自由と正義の守り手であることが強く印象づけられる。こうした参戦の正当化と好戦的な愛国主義は作中で描かれる町の人々の態度であるだけでなく『我らのひとり』という小説全体の主張ともなっている。戦争の大義を信じ志願兵として戦争に赴く主人公は、死を恐れず戦い命を失うが、その主人公を小説は英雄として描き彼の死は美化されている。『我らのひとり』に表れているキャザーのこうした戦争観・兵士観は、『武器よさらば』そして『エスクァイア』の記事いずれにも一貫して見られるヘミングウェイの反戦的立場とは真っ向から対立するものと言える。

『我らのひとり』を『武器のさらば』の先行テクストと捉え、そして両テクストの内容における根本的な対立を考慮すれば、『武器よさらば』そのものが『我らのひとり』への反駁になっていると考えることができるはずである。そしてさらに一歩踏み込んで言うなら、『我らのひとり』という先行テクストを『武器よさらば』は批判的なかたちで書き換えた物語だと見なすことができるように思う。つまり、看護婦が奴隷のような逃亡兵士を救うという『我らのひとり』の戦争プロパガンダに沿う逸話を、反戦的立場のヘミングウェイが『武器よさらば』でキャザーのテクストやプロパガンダとは真っ向から対立する意味合いの物語に書き換えたということだ。奴隷的境遇の兵士を救い出す慈悲深い看護婦というプロットは、その話を聞いて主人公が戦争に志願するキャザーの小説においても戦意高揚のプロパガンダにおいても国家のための自己犠牲、そして命を捨てるのを恐れない兵士の男らしさの称揚につながっている。一方ヘミングウェイの『武器よさらば』では戦争中に軍から逃亡した主人公は「単独講和（a separate peace）」を成し遂げたと考え（243）、看護婦キャサリンと共に社会的束縛を断ち切ろうとするのであり、小説は国家による戦争総動員体制への抵抗の物語へと変換される。そしてその抵抗の物語では死の恐怖の抑圧を男らしさと結びつける社会の支配的な見方とは対照的に、奴隷の如き兵士は庇護が必要な無力で受動的な存在、まさに『アンクルトムの小屋』で母に抱えられて逃げる黒人奴隷の子供のような存在として提示されている。そのことを次に確認していくことにする。

六．『アンクルトムの小屋』と重なる『武器よさらば』の脱走と、幼子の如き兵士たち

『武器よさらば』のキャサリンを黒人奴隷の如き立場に置かれたフレデリックの救済者として捉えると、彼女は『アンクルトムの小屋』で売りとばされる寸前の我が子を連れて逃亡する母に似た存在に思えてくる。実際、フレデリックの軍からの脱走を『アンクルトムの小屋』の逃亡奴隷の逸話と重ねる『エスクァイア』での自作解説を知った後に『武器よさらば』におけるキャサリンとフレデリックの逃亡を見直して見ると、彼らの逃亡の物語は『アンクルトムの小屋』における母子の逃亡の逸話を基にして創作されているように見えてくる。

二人で逃避行に旅立つのに際し、キャサリンはフレデリックに対し母親のような保護者的な態度を取っている。「職なしになったオセローね」という言葉をフレデリックにかける対話の中でキャサリンは、フレデリックが彼女と一緒にいないとき一人で大丈夫か尋ねて「あなたには私しかいないし、私は出かけてしまう（All you have is me and I go away.）」と心配し、また愛情表現の言葉として「いい子にしていられるの（Will you be a good boy）」と問いかける（257）。そして助けを求

めるフレデリックに救いの手を差し伸べ共に逃げる決心をした直後、追われる身となり「犯罪者（a criminal）」になったような気分だと漏らすフレッドに「あなたは本当に愚かな子ね（You are such a silly boy）」とたしなめながらも「でも私があなたの面倒を見る（But I'll look after you.）」と告げる（251）。

そしてさらには、『アンクルトムの小屋』でイライザが間近に迫る追っ手から逃れるため我が子を抱えて広大な州境の河を渡る場面を想起させるように、『武器よさらば』ではイタリア潜伏中に追っ手が迫っていることを知ったキャサリンとフレデリックは、手こぎボートで湖の対岸にあるスイスを目指すのである。いずれも水上での自力の脱出劇であり、対岸の自由の地に向けての逃亡となっている。

またこの湖上の逃亡に先立つ、フレデリックが戦場からの撤退中に士官に処刑されそうになって逃げ出す最初の逃亡は『アンクルトムの小屋』と違って単独行動ではあるが、追っ手に捉えられる寸前とっさに目の前の河へと跳躍するイライザと同様に、フレデリックは眼前の川に飛び込んで逃亡を果たす。しかも実際にはこの時点ではフレデリックは一人で逃げているにもかかわらず、キャサリンと二人で一緒に逃げていると空想するのである。流木にしがみついて川を漂流し続ける間、フレデリックは「私たちは長いカーブを描く川を下った（We went down the river in a long curb.）」あるいは「私たちはさらにゆっくりと漂っていた（We were floating more slowly.）」といったように「私たち」という言葉を多用し、キャサリンとずっと一緒にいるように感じている（226）。

そして流木にしがみつく姿勢は『アンクルトムの小屋』で逃げるとき母に抱かれ運ばれる幼子を連想させる。

母の庇護が必要な子の如き存在として提示されているのは脱走兵となったフレデリックだけではない。ヘミングウェイが奴隷に等しい存在と見なす、戦地に送られる兵士たちもまた『武器よさらば』において、敵の攻撃で体を引き裂かれ死の淵に立たされるとき、まさに母の救いを求める子供のような姿を晒すことになる。屋外で食事をしている最中に突然吹き飛ばされたフレデリックは、混乱状態の中で戦友たちの阿鼻叫喚を目撃する。「頭が動揺する中で私は誰かが泣いているのを耳にした。私は誰かが叫んでいると思った」と説明され、また傍らでうめく戦友の片脚がちぎれ他方の脚は腱だけでつながっているのを彼は目にする。「まるでつながっていないかのように、つぶれた脚の根元が痙攣しびくんと動いた」というその戦友は、「うあああ」「何てこった」と何度も叫び、「撃ち殺してくれ、うあああ」と懇願する（55）。ここで「うあああ」あるいは「何てこった」と訳したテクスト原文の表現は"mama mia"というイタリア語であり、直訳すると「私のお母さん」となる。さらには「うあああ、お母さあん（Oh, mama mia, mama Mia）」と何度も繰り返される「ママ・ミア」という言葉と並列して「マリア様（Maria）」という聖母を表す言葉、そして音も「ママ・ミア」に近似する言葉が繰り返し使われている。ただ泣き叫ぶしかなく、母に助けを乞う言葉を発し続ける兵士。そうした兵士の姿は社会が「男らしい」男と見なす成人男性像の対極にあると言える。さらにその兵士の意思とは無関係に動く身体の痙攣は、自己制御という男性的規範が極限状態に置かれた人間には到底従えないものであり、まったく意味をなさないことを露呈させる。グロテスクなほどここで強調されている痙攣は、シェル・ショックに苦しむニック・アダムズの手の震え、そして冒頭に挙げた詩で白人死刑囚を通して示される制御不能の身体と同様に、男らしさの規範への身体の抵抗、抗議のボディー・ランゲージと言ってもいい。

七．露わになる仮面の奇怪さ、外見と内面の不一致

周囲の兵士たちのこうした叫びのたうち回る姿を泣き言一つ言わず感情をまったく示さずに見つめるフレデリックの姿は、ウィンダム・ルイスのいう「麻薬を与えられた操り人形」のような様相を呈しており、感情に動かされない「ハードボイルド」な兵士の典型であるようにも見える。しかしながらすでにこれまで論じてきたように、こうしたフレデリックの外見的な姿と彼の内面との間にはズレがある。

自己抑制という男性的規範の権化、「ハードボイルドな兵士」の典型であるように見えるフレデリックの外見と、恐怖の記憶に動揺し続ける内実とのズレ。組織の任務を完璧に遂行する白人男性という仮面と、抑圧的な権力支配からの自由を求める黒人奴隷のような境遇との乖離。このズレ、乖離が最も大きくなる瞬間、そして冷静さを装う彼の自己抑制があからさまな演技・仮面

の容貌を呈し、その仮面の奇怪さが強調される瞬間、それが亡命先のスイスにおいてキャサリンの出産に立ち会う場面である。

手術室で医師の仕事を手伝わせてもらうフレデリックは、医師と同じ服装に身を包み、鏡を見て「自分がにせ医者のように見える（myself looking like a fake doctor）」（319）のに気づく。そして彼が模倣する本物の医師たちはみな文字通り「マスク（mask）」をつけ、個人の区別がつかなくなっていることに小説では言及されている。このマスクをつけた集団は、自己抑制の完璧な姿を見せ、一切感情をあらわさずに粛々と職務をこなすが、注目すべきことにその様子は「異端審問の絵（a drawing of the Inquisition）」に喩えられている。医師の一人が帝王切開の縫合を行う様子の後に「マスクをしたもう一人の医者が麻酔をした。マスクをした二人の看護師が器具を手渡した。その様子は異端審問の絵のようだった。」という記述が続く（325）。つまり、医師とその模倣者であるフレデリックは、職務の遂行のため、感情に動かされず、自らに課された役目を冷徹に演じる必要があるわけだが、その態度がきわめて冷酷で非人間的なものに見えることが強調されている。

そして医師たちの行為が「異端審問」に喩えられるとき、有無を言わせぬ権力、尋問と処刑のイメージと結びつくことになるが、これらのイメージは、戦列を離れたフレデリックを尋問し処刑しようとした士官たちの行為に完全に適合する。尋問を行う士官たちの態度については、「尋問者たちは効率性、冷徹さと自己制御のすべて（all the efficiency, coldness and command of themselves）を持ち合わせていた」と小説の中で説明されている（223）。自らを制御し、まったく感情を表さず冷徹で、機械のように効率よく働く職務の遂行者たち。この説明は尋問をする士官と手術室の医師双方に当てはまるものであり、異端審問官に喩えられる医師たちと処刑を行う戦場の士官たちはテクスト上で重なり合う。

自己抑制と一体化した仮面の奇怪さが露わになる、異端審問のようなこの手術の場面において、感情が欠けているようにも見えるフレデリックの外面とその内面とのギャップが浮き彫りにされる。自己抑制という仮面の背後に隠されていた、痛みを感じ、苦しみながら悩み、考えずにはいられない彼の人間的な一面が垣間見えるのである。医師によって取り出された赤ん坊が、首にへその緒が絡まって死んでいたのを知らされて、フレデリックは次のように考える。

> 可哀想な子供。あんなふうに自分が窒息していれば良かった。いや違う。それでもこんな瀕死状態に耐えなくてすんだはずだ。今度はキャサリンが死ぬだろう。それがお前がしたことだ。お前が死ぬんだ。（327）

泣くこともできず、自らの声を発することもないまま窒息死させられた子供。何事にも動じない「ハードボイルド」な兵士の役割を演じ続けてきたフレデリックはここで、自分をこうした受動的で無力な存在と同一視している。そしてその弱さの自覚とともに、彼がそれまで表明することのなかった、他者の苦しみへの共感、感情移入が表される。フレデリックは死産した赤子、そして間もなく死ぬにちがいないキャサリンと自分自身を重ね同情を示すのである。そしてその他者への共感は、戦争の犠牲者たちへの思いにつながっていく。今引用した独白に続けて、彼は次のように考える。

連中はお前を投げ込んでルールを説明し、最初にお前を基地の外で捕らえたときにお前を殺すんだ。あるいはアイモのように無償でお前を殺す。あるいはリナルディのように梅毒を与える。しかし最後にはお前を殺すんだ。(327)

このフレデリックの思考において「連中(they)」と呼ばれている没個性的な集団は、個人を戦争に動員し犠牲を強いる巨大な権力機構を指しており、フレデリックを処刑しようとした「効率性と冷たさ、そして自己制御」を備えた士官たちはその一部と見なすことができる。そしてまたこの「連中」は、軍隊という組織を超えて、個人に耐えきれない自己抑制を強要する社会の全体をも含意していると考えられる。というのも、ここでフレデリックが用いている「連中」という言葉は、陣痛に苦しむキャサリンが辛抱を強いられてきた自分の人生を振り返って言った「あなた、私はもう勇敢じゃない。私は完全に壊れている。連中が私を壊してしまった(They've broken me.)」という言い方を引き継ぐものだからである(323)。批評家サンドラ・スパニアーが言うように、婚約者が戦死しても弱音を吐かず戦争に耐えるキャサリンもまた一人の「兵士」であると考えるなら、彼女を「壊してしまった」という「連中（They）」は、彼女に苦しみを与え、それでも自制を求め続けた周囲の社会ということになるだろう。

キャサリンが死ぬのを確信するとフレデリックは「僕の中ですべてが無くなってしまった」と感じ（330）、実際の死に際しては凍りついたような態度を周囲に示す。そして決然とした態度でその場から立ち去るが、彼のその最後の姿は、本章の始めに触れた仮面をかぶったような黒人死刑囚と一つに重なる。小説の最後で、フレデリックに哀悼の意を示そうとして医師が言う「何も言うことがないのは分かっています。（I know there is nothing to say.）言うことはできませんが――」という言葉をさえぎり、フレデリックは「ええ、（No,）」という一言に続けて「何も言うことはありません（There is nothing to say.）」と返答する（331-32）。このフレデリックの最後の言葉を、死刑囚の言葉「いえ旦那――私にはなんも言うことはありません（No Sah — Ai aint got nothin to say.）」と並置してみると、両者が酷似しているのに気づくはずだ。言葉遣いが似ているだけではない。いずれの言明も、寡黙さの背後に語り尽くせない感情があることを示唆するものであり、安易な同情や月並みな慰めの言葉を拒絶する。そして声をかけてくる聖職者・医師という社会的権威への反逆的な性格を帯びている。フレデリックは、詩で描かれた黒人死刑囚の分身であり、さらにその死刑囚のモデル、黒塗り顔の黒人芸人バート・ウィリアムズのパフォーマンスを基に生み出された存在なのだ、と主張することで本章を締めくくりたい。

註

（1）“Slayers Third Will Die Today.” *Chicago Daily Tribune*, 15 Oct. 1920, p.21

（2）ヘミングウェイが戦争で負った自分の精神的外傷を、わずかな作中の暗示から始まって次第に明確に描くようになり、最終的にはインタビューで告白するに至ったプロセスについて、島村法夫が詳細に検証している。

（3）「白人性」の「不可視性」については、ラスムッセンら、およびドウンの説明を参照。なお、ホワイトネス・スタディーズをヘミングウェイの作品解釈に適用した研究には、内田水生の論考がある。

（4）ハーンドルの主張、そして自己抑制に関する本稿の見解と通底しているように思えるのが、日下香織の論考である。日下は、自他の苦しみについての相反するヘミングウェイの二つの態度を「インディアン・キャンプ」を中心に考察し、彼が過酷な現実を生きるための「心の麻痺」（58）の必要性を強調しつつも一方で、痛みを感じる人間の感受性を尊重していることを明らかにしている。

第六章　男性的規範の圧制と、抵抗する黒人達
――「殺し屋」と『持つと持たぬと』を中心に

一．自己抑制の重圧――「殺し屋」と処刑される者、そして兵士達

本章は前章の議論を敷衍し、ヘミングウェイの文学が自己抑制という白人男性の規範を体現し擁護するものであるという支配的な見解に異議を申し立てるものであり、そのために短編「殺し屋」（"The Killers," 1927）と長編小説『持つと持たぬと』（*To Have and Have Not,* 1937）における白人男性と黒人男性との関係、特に黒人の登場人物たちの言動を中心に考察を行う。

トニ・モリスンはそれまで注目されることが少なかったヘミングウェイの黒人表象を『持つと持たぬと』を中心に考察し、前章でも触れたように黒人男性は白人主人公の「男らしさ」や「自由」といった優越性を際立たせる役割を負っていると論じた。(63-91)。彼女の批判に反論するためへミングウェイの『持つと持たぬと』の黒人がいかに偏見を交えず描かれているかを力説する論文集が現れる一方で（Knott）、モデルモグやクォンの考察のように、モリスンの批判の延長上

で『持つと持たぬと』における黒人表象の権力性と差別性を強調する論考も生み出されている。しかしながらモリスンが批判の一方で『持つと持たぬと』を含めた白人の文学に見出そうとしていた、白人作家による黒人表象が孕む可能性、「表面上のテクストで表現される意図を妨げ、あるいはその意図を逃れるサブテクスト」(66)を提供する存在としての可能性は、ヘミングウェイ研究においてモリスン以後ほとんど探求されていないと言っていい。モリスンは『持つと持たぬと』における黒人と白人の序列化された二項対立を批判しつつも、感情を押し殺す白人主人公の「非人間的な否認(antihuman negation)」が、「あんたには人間の感情がない(You ain't got human feelings.)」という黒人の言葉で糾弾されていることを、ごく短い説明ではあるものの指摘している(76)。

このモリスンの指摘を踏まえて本章では、黒人の登場人物達が、ヘミングウェイの文学を支配しているかに見える男性的規範をいかに問題化し、揺るがしているかを検証していきたい。すなわち目指すのは、黒人男性を軸にいくつかの作品を関連づけて読み直すことによって、彼の文学が男性的な自己抑制の規範を体現しているという根強い見方に疑問を投げかけ、再考を促すことである。

この根強い見方の先駆けであり典型でもあるのは、今なお影響力のある、クリアンス・ブルックスとロバート・ペン・ウォレンによる「殺し屋」の解釈だろう。彼らは、この短編では作中人物が皆、「自発的な人間の感情(spontaneous human emotion)」に屈せず、「規範(code)」あるいは

「規律（discipline）」に従っていると論じる（Brooks and Warren 309）。自分の過ちへの処罰として、死を取り乱さずに受け入れる元ボクサーのアンダソンも、私的な感情は一切交えずに自分の「任務（mission）」を行う殺し屋達も、異常な事態で平静にふるまおうとする食堂の主人も（304）。そして主人公ニックも、過酷な経験を経て規範について学ぶ。ブルックスらはこの規範・規律はヘミングウェイの文学全般を貫くものであり、彼の文学の「タフな男達（tough men）」、ヒーロー達が従う行動原理であると論じる（307）。

このブルックスらの解釈は一定の説得力を持つように聞こえるものの、彼ら自身の視野の偏り、バイアスをも露呈させている。というのも彼らは「殺し屋」に登場する男達の中に黒人のコックを含めず、この作中人物のことを完全に無視あるいは忘却しているからである。この黒人サムは主要登場人物ではないにせよ、物語の進行に必要な一員とはなっている。それなのにブルックスらの意識から抜け落ちてしまうのは、黒人作家ラルフ・エリソンの小説の題名のように「見えない人間」になっている、あるいは、「人間」「男」という範疇の枠外に置かれてしまっている、と言えるかも知れない。

だがこの短編において黒人サムの存在を看過するわけにはいかない。というのも、物語の特に前半で強調されているのは、主人公ニックとサムとの類似だからである。食堂でアンダソンが現れるのを待ち構える二人の殺し屋は、コックのサムと居合わせた客のニックを厨房に閉じ込め、店主一人を働かせる。殺し屋が去るまでの物語の大半ではサムとニックは姿を現さず、二人を同類と見なす殺し屋の言葉を通してのみ記述される。見張り役の殺し屋は相棒に「黒ん坊と俺の利口な坊やは自分たちで楽しんでいるよ。俺は奴らを修道院の女同士のカップルみたいに縛り上げてやった（The nigger and my bright boy are amused by themselves. I got them tied up like a couple of girl friends in the convent.）」と二人の様子を嘲笑的に報告する（*Complete Short Stories* 218）。脅されて一緒に縛られ、一人の男の言いなりになるしかない二人は女性、しかも修道院で互いを楽しませる同性愛者のカップルに喩えられ、去勢された存在と見なされるのである。

もっともニックはこの一方的に言明された類似を、殺し屋が去った後は懸命に否定しようとしている。そしてニックとサムの二人は、束縛を解かれた後は対照的な態度を取る。結局食堂に現れなかったアンダソンのアパートへと殺し屋達が向かうと、サムは「こんなことはもうこれ以上は嫌だ（I don't want any more of that）」という怯えの言葉を繰り返す（220）。それに対しニックは、アンダソンに知らせて欲しいという食堂主の要望に応じ、サムが止めるのには耳を貸さずにアパートへと急ぐことで、自らの勇気を示そうとするのである。だが解放後すぐの二人の反応は対照的であるものの、結局その違いは相対的なものにすぎないことが結末では示唆されている。というのも逃げ回るのに疲れたというアンダソンは部屋から一歩も動こうとはせず、ニックは自分が無力な傍観者にしかなれないことを思い知らされるからである。「彼が部屋で待っていると思うと耐えられない（I can't stand to think about him waiting in the room [……]）」とつぶやき、この街から出て行くと告げるニックの結末の言動は、死の恐怖を味わったサムのつぶやきと反響し合う

(222)。

ブルックスとウォレンの解釈を敷衍する批評家の多くはこの短編をニックのイニシエーションの物語として捉えており、また感情を抑えて運命に耐えるアンダソンをヒーローと考える批評家も少なくない。しかしながら、アンダソンの姿勢は勇気というよりも無気力と感情の麻痺を表しているように見えるし、彼の耐える姿を見たニックも憧れは全く感じず、むしろ拒絶反応を示している。また怯えを隠そうとしない黒人のサムとは逆に、恐怖の感情を抑えて勇気を示そうとするニックの態度がより成熟した、一人前の男の態度として提示されているわけでもない。殺し屋の到来をアンダソンに知らせに行くという危険な計画を断行しようとするニックと食堂の主に対し、サムは彼の強い反対が聞き入れられないと「小さい坊やたちはいつも自分がやりたいことが分かっている（Little boys always know what they want to do）」とこぼす（220）。つまり二人の行動を子供じみた強がりと見なしているわけだが、作者であるヘミングウェイもこのサムの発言に一定の同調を示すような書き方をしている。ニックは殺し屋が立ち去った直後から自分の勇気を誇示しようとするが、その威勢の良い言動は、縛られて何の抵抗もできなかったそれまでの自分の無力さを認めまいとする、ほとんど虚勢とも言える態度として提示されている。猿轡の感触がまだ口元に残るのを感じながら、屈辱を晴らそうとやっきになってアンダソンの救出について店主と相談するニックの様子は、「彼は威張ってその感覚を払拭しようとした（He was trying to swagger it off.）」と説明されている（220）。

ヘミングウェイの黒人表象の差別性を強調したモリスンに反論するために、この短編「殺し屋」をサムに焦点を当てて再解釈したジョン・ビールは、サムをニックの人生における「導き手（guide）」であるとさえ主張しているが（48）、少なくともこの作品がサムの言動を否定的に捉えていないのは確かだろう。何はともあれ、このように黒人サムを軸に作品を捉え直してみると、「殺し屋」という短編では感情の抑制という規範が貫かれているあるいはその規範が是認されているというよりむしろ、規範をめぐる相いれない二つの態度が並置されていると言った方が妥当であるように思える。すなわち、その規範を受け入れようとする白人登場人物達と、規範に従わないもしくは規範の外にいる黒人サムである。さらには、この物語で自己抑制の規範をほとんど完璧なかたちで体現しているのが、殺されるのをただ待つアンダソンと、彼の殺害という任務を粛々と執り行う殺し屋であることを考えるなら、その規範はほとんど耐え難い要求という様相を呈していると言える。白人男性達が従おうとする自己抑制の規範が、「無感覚（insensitive）」（Brooks and Warren 307）になることを強いる「非人間的」（309）なものとなっていることは、ブルックスとウォレンさえも認めている。だがそれでもその規範を保持しなければ「野蛮な混沌（brute chaos）」に落ち込んでしまう（309）、と彼らはあくまでこの規範を擁護しているが、その弁明は作品自体の主張というより彼ら評者の価値観の表明に他ならない。そしてその弁明は、規範に従わない黒人サムを暗黙のうちに「野蛮な混沌」のうちに位置づける、彼らの偏見を奇しくも露呈させている。

自己抑制という規範は、殺戮の場で恐怖の抑圧を迫る場合には非人間的とも言える耐え難い重圧となるのであり、ヘミングウェイは、そうした状況での規範の実現不可能性を彼の文学において強調している。そしてそのような極限状況においては、感情を表に出さない者と露わにする者との違いが相対的なものにすぎないことが明らかにされ、その違いの相対性は、感情を押し殺そうとする白人とことさら感情的に描かれる黒人とが見かけほどには異なっていないことの証左となる。

こうした違いの相対性は、ここまでの短編「殺し屋」の読解を踏まえて短編集『我らの時代に』(*In Our Time*, 1925) の中の処刑場面のスケッチを見てみるとよく分かるはずである。そのスケッチは彼の処女作である『われらの時代に』の第十五章、すなわち「ビッグ・トゥー - ハーテッド・リヴァー」("Big Two-Hearted River") の第一部と二部の間に中間章として挿入されている。そしてそのスケッチは、本書ですでに言及した、新聞に載った実際の黒人と白人との処刑をモデルとしたヘミングウェイの詩を、さらに書き換えて作られたものである。第五章で見たようにその詩では処刑に際してまったく動じた様子を見せない黒人と恐怖で立っていられなくなる白人死刑囚の二人が対比的に描かれているが、一方『我らの時代に』のスケッチでは黒人は怯えた様子を示しているのに対して白人は最初、感情を示すことなくじっと処刑を待っている。そして、新聞で報じられた実際の処刑とそれを基に最初へミングウェイが書いた詩では処刑されるのが一人の白人と一人の黒人であったのがスケッチでは書き換えられ、死刑囚は二人の白人と三人の黒人というグループに改変されている。三人の黒人たちについては「彼らは非常に怯えていた（They are very frightened.）」と説明されるのに対し、二人の白人は所作は異なるもののいずれも表情を見せずにそれぞれの独房で身動きしないままでいる。黒人死刑囚の怯えた様子の記述のすぐ後に、「白人の一人は両手で頭を抱えて寝台に腰かけていた。もう一人は頭を毛布で覆って寝台に横になっていた。」という一文が続く。この二人の態度は短編「殺し屋」で殺されるのを部屋でただじっと待つアンダソンの態度、すなわち殺し屋の出現を知らせに来たニックに背を向け、壁を向いて横たわり続ける態度と通じ合うものであり、無力さと諦念を感じさせる所作ではあるが、黒人たちとは違って恐怖の感情はこの時点では露わにはされていない（*Complete Short Stories* 171）。

だがこの二人のうちの一人が処刑場に引き出されるとき、彼が抱く恐怖は本人の意志とは無関係に否応なく表に現れ、人目に晒される。「サム・カルディネッラ」と固有名詞で作中呼ばれるその男は、体に力が入らずに自力で歩くことができず、さらに立っていることすらできなくなって倒れ込んでしまう。ここに至って、怯えをおそらくは表情や動作あるいは声で最初から表現していた黒人たちと、全身の力が入らなくなったカルディネッラは恐怖の現れ方が異なるだけで、恐怖心に圧倒されている点では変わりがないことが明らかとなる。

そしてこのスケッチでは殺されるのをただ待つしかない囚人が、白人男性に感情の制御を求める規範の支配下にいることが明示される。死刑囚が恐怖で身がすくみ自力で立っていられないのを目にした立ち会い人の聖職者が、「男らしくしろ、息子よ（Be a man, my son）」という仮借ない命令の言葉を放つのだ（171）。この聖職者の訓告は、元の事実を伝える新聞記事にも、それをモデルとして最初に書かれた詩にもまったく存在しないものであり、このスケッチにおいて新たに書き加えられたヘミングウェイによる創作、想像の産物である。完全な創作として挿入されたこの「男らしくしろ」という権威者の一言は、作家としてのヘミングウェイが強く意識し続けた社会的要求を端的に表現している。

そして何より重要なのは、感情の制御を強いるこの男らしさの規範が、死の恐怖に直面させられる人間にとって法外で理不尽なものとなることがこのスケッチによって暴き出されていることである。感情に左右されず「男」として自己を律するよう求めるこの聖職者の言葉の直後に、絞首刑に処すため頭に覆いを被せられ、「サム・カルディネッラは括約筋の制御ができなくなった。(Sam Cardinella lost control of his sphincter muscle.) 彼を抱えていた看守たちは二人とも彼を落としてしまった」と説明され、恐怖の極限に達した人間に自己制御を期待することなど到底無理だということが判明する（171）。この場面では囚人の不随意の肉体的・生理的反応によって聖職者の期待を裏切る結果が生じているが、この死刑囚の反応について、創作の基礎となった元の新聞の報道とそれを基にヘミングウェイが最初に書いた詩、そしてこのスケッチの三つを順に読み比べてみると、ヘミングウェイの改変に次ぐ改変によって囚人の反応の不可抗力的な面が段々と際立たせられてきたことが分かる。本書の第五章ですでに見たように元の新聞記事では怯えきった白人死刑囚は「ほとんど崩れ落ちそうになった」と書かれさらに「彼はすすり泣いた」と説明されていて、本人が感情に流されるままで毅然と振る舞おうとはしなかったような書き方になっているが、一方この出来事を基にヘミングウェイが創作した詩では「彼は聖職者に倒れかかった」と書かれる前に「彼は口からよだれを垂らし、よだれはあごへと流れ落ちた」という説明が挿入されており、囚人の反応は生理現象という性質を帯びるようになる。そしてその詩をさらに書き換えるかたちでヘミングウェイが作り上げたスケッチにおいては、囚人の倒れかかる動きが「括約筋の制御」の喪失の結果として描かれることによって、その動きが意志とは無関係に生じる、本人には止めようがない身体の自動的な反応に他ならないことが強調される。

自己抑制という規範が、死の恐怖に対する身体の自動的反応のために実現不可能となるのは、この死刑囚に限ったことではない。意志を裏切る同様の肉体の反応は、戦場で死の恐怖を味わう兵士達に典型的な現象としてヘミングウェイの作品では提示されている。肉体が制御不能になる死刑囚のスケッチが間に挿入されている「ビッグ・トゥー - ハーティッド・リヴァー」において、戦争の恐怖がトラウマとなっている主人公ニックにも死刑囚と同様の肉体の反応が起こっている。第四章でも指摘したように、釣りの途中で恐怖がふいに蘇るニックの手は、突然震えだしてしまう。ニックのこのいわゆるシェル・ショックは別の短編「誰も知らない」ではより明確に描かれており、またその短編ではニックだけでなく白人の兵士達が皆、死の恐怖で身体を制御できなくなる様子が記されている。ニックは自分がかつて負傷し死の恐怖を経験した戦場を再訪したことによって、恐怖が蘇り、「彼は今やそれを止めることができないと分かった（He knew he could not stop it now.）」「それがやって来た（Here it came.）」と彼が呼ぶ錯乱状態の発作に襲われる（*Complete Short Stories* 314）。そうした発作を彼が負傷のあと度々経験していたことが明かされ、さらに彼の回想の中で、戦場では彼と他の兵士達は恐怖で震えを抑えられなかったことが語られる。

シェル・ショックとは、感情の抑圧を男性的理想と見なす文化の中で「沈黙させられ動きを封じられ」た男たちの苦情のボディ・ランゲージであり、男らしさの規範への「偽装された抗議」だとエレン・ショーウォルターが論じていることはすでに指摘した通りである。恐怖に耐える死刑囚のスケッチにおいて「男らしくしろ」という権力者の言葉が完全な創作として書き入れられその言葉の直後に、シェル・ショックの兵士と同じく不随意の身体の動きによって死刑囚が自己抑制の不可能性を露呈させていること、しかも死刑囚が立っていられなくなったという新聞記事で報じられている事実からさらに一歩踏み込んで「括約筋の制御ができなくなった」という記述が書き加えられていることは、作者のヘミングウェイが自己抑制という男らしさの規範を明確に意識しつつ、意思で制御できない肉体の有り様を強調することでその自己抑制の規範に対し強い抵抗を示していると見なすことができるだろう。

そしてヘミングウェイのスケッチにおいてこの「男らしくしろ」という一言が、はばかりなく怯えを表す黒人たちと対比的にじっと押し黙ったままでいる白人たちの一人に対して発せられているのは、ヘミングウェイが自己抑制という男性的規範を特に白人に向けられた期待、あるいは社会的要請として強く意識していたことを物語っている。

実際へミングウェイが教え込まれてきた価値観においては自己抑制の規範は、支配的地位に立つべき白人男性への社会的要請となっており、そうした要請はキプリングの有名な詩「白人の責務」("The White Man's Burden," 1899)に端的に表れている。白人男性への訓告として書かれたこの詩では、男性は「耐え忍ぶ辛抱をして」国家に奉仕する任務を担い、その任務を通して「男らしさを探求すること(To search your manhood)」を求められる(*Kipling Pageant*, 891)。こうした自己抑制のできる白人男性は、それができない非白人の上位に位置づけられ、「半ば悪魔で半ば子供(Half devil, half child)」と形容される未開人たちを教化し文明化すべき存在と見なされる(890)。

キプリングが提示する白人男性の規範がヘミングウェイにとって馴染みのあるものだったのは間違いない。というのも、ヘミングウェイの少年時代の文化的ヒーローであったセオドア・ルーズベルトの著作でヘミングウェイの蔵書の中の一冊、『アフリカの獲物の踏み跡』(*African Game Trails*, 1910)ではキプリングに言及され、キプリングの思想と一致する見解が語られているからである。アフリカ狩猟旅行について綴るこの紀行文では、ルーズベルトが出会った植民地支配者であるイギリス人たちは皆まるで「キプリングの本から抜け出してきた」かのように立派で逞しかったと述べられる(5)。その一方でアフリカの原住民について「子供のような野蛮人たち(childlike savages)」と記されており(18)、さらに「彼らは自分自身を内側から制御することができない。したがって彼らは外側から制御されなければならない[……]」(They cannot govern themselves from within; therefore they must be governed from without [……])」と説明される(36)。

キプリングが表明する白人男性の規範と合致するこのルーズベルトの言明、支配者の証としての自己抑制の要請がヘミングウェイの心に深く刻み混まれ、そして戦争に動員された男性に課される試練としてはっきり意識されていたのは確かである。というのも短編「誰も知らない」で戦場においてシェル・ショックの発作を何とか押さえ込もうとするニックは、必死に平静を装いながら目の前にいる兵士に次のように語るからである。「制御をしなければならない、そうしないと制御をされなければならない立場になる（either you must govern or you must be governed.）」（*Complete Short Stories* 313）。

また自己抑制と国家への奉仕という男らしさの規範、白人男性の理想を強調するキプリングの思想を、若き日のヘミングウェイが年長者、権威者によって教え込まれていたのも事実である。彼が高校生のときに学校新聞の記事として書いた報告文には、オークパークの教会の牧師が学校に招かれて若者への期待と激励を語り、そのスピーチをキプリングの詩「もしも」（"If,"1910）の朗読で締めくくったことが記されている（*Hemingway's Apprenticeship* 17）。この詩はアフリカにおけるイギリスの権益拡大のために尽くした兵士を称えるために書かれたものであり、周囲の人間たちが冷静さを保てない場合に「もし君が冷静でいられるなら（If you can keep your head）」という一文で始まり、もし疲労困憊した後でもなお意思の力で肉体を使うことができるなら、といった艱難辛苦そして克服すべき数々の試練が「もし（If）」の後に続く条件節で次々に列挙された後（*Rewards*, 169）、最後にそうすれば「君は男になるだろう、息子よ（you'll be a Man, my son!）」という言葉で結ばれる（170）。

ヘミングウェイ本人はもしかしたらまったく自覚していないのかも知れないが、彼が若き日に耳にしたこのキプリングの詩の最後の言葉「君は男になるだろう、息子よ」と、彼が創作した死刑囚のスケッチで牧師が言い放つ「男らしくしろ、息子よ（Be a man, my son）」という言葉の間には著しい類似が見られる。いずれも自己抑制を男らしさの証として求める言葉でありしかもその言い方が酷似しているだけでなく、いずれも聖職者の口から権威的な要請の言葉として発せられている。これらの共通性を考慮すると、両者の類似は単なる偶然ではなく、「男らしくしろ、息子よ」という創作された牧師の言葉には、若き日のヘミングウェイが牧師から聞いたキプリングの詩の一節が反響していると考えることができるのではないだろうか。

いずれにせよ、ヘミングウェイのスケッチで「男らしくしろ」という白人男性への自己抑制の要請を身体の自動的な反応が挫き、そのスケッチと短編「殺し屋」で白人と黒人との違いが相対化されていることは、キプリングそしてルーズベルトの著作に現れているこうした男性的規範、白人男性と非白人を自己抑制の有無によって序列化する規範に疑問を投げかける。

殺戮の恐怖に直面したときの自己抑制の困難さに焦点が当てられ、またその際にしばしば白人と黒人が並置されることによって、ヘミングウェイが生まれ育った文化では支配的な考えとなっていた白人と黒人との序列的二項対立は問題化され、動揺にさらされるのである。そのことを次に、『持つと持たぬと』と『闇の奥』の関連を通してさらに詳しく検討したい。

二．黒人による問いかけ――『闇の奥』と『持つと持たぬと』

殺される恐怖に直面して人は平静でいられるのか。そうした極限状況で白人と黒人に違いはあるのか。こうした問いは、ヘミングウェイが深い影響を受けたと認めるジョゼフ・コンラッドの、その代表作『闇の奥』（*Heart of Darkness*, 1899）においてもまさに問題にされている事柄である。

極限状況で人種的区別についての疑問が投げかけられているのは『闇の奥』のクライマックスの一つにおいてであり、しかもその問いは、見逃しようのないほど明瞭なかたちで提示されている。物語の語り手でもある主人公のマーローは、アフリカのジャングルを探検中に部下の黒人水夫とともに、原住民が放った無数の槍を浴びせられる。マーローはかろうじて難を逃れるが黒人は体に槍が貫通し、血の海でもがき苦しむ。黒人は体に刺さったままの槍をつかみながらマーローを不安げに凝視し、それに対してマーローは「私は彼の凝視から目を背けるために努力しなければならなかった（I had to make an effort to free my eyes from his gaze [……]）」とその訴えるような眼差しから逃れようとする（Conrad 46）。しかしながらマーローは、その眼差しから決して逃れることはできない。マーローは、「彼が傷を受けたときに私に向けたあの目つきの親密な深遠さは、今日まで私の記憶に残っている――至高の瞬間に確認された遠いつながりの訴えのように（like a claim of distant kinship affirmed in a supreme moment）」と後に述懐している（51）。

この苦悶にあえぐ黒人からマーローに向けられた「遠いつながりの訴え」は、無残に殺されようとしている状況で、黒人と白人の間に果たして違いがあるのかという問いを提示している。ここで第一に問題になっているのは自己抑制の難しさである。槍で刺される直前に黒人は、無数の敵による突然の攻撃にパニックを起こしており、後にマーローは黒人の自制心の欠如を、死の原因と見なして嘆いている。彼は黒人の死を振り返って、「彼には抑制がなかった、抑制がなかったのだ（He had no restraint, no restraint）——クルツのように——風に揺れる木のように」とつぶやく(51)。このマーローの嘆きは、彼自身が自己抑制を行動規範と見なしていることを明示している一方で、その規範そのものの妥当性が問われ、彼と感情を抑制できない黒人との区分けが揺らいでいることも露呈させている。というのも彼がパニックを起こした黒人に用いている「風に揺れる木（a tree swayed by the wind）」という比喩は、その反応が自然なものであり、止めるのが難しいことを示唆しているからである。実際マーロー自身もパニックを起こしていたかも知れないわけであり、二人の反応の違いは表面的なものにすぎないように思える。

さらには、槍が突き刺さって苦しむ黒人の姿はマーロー自身が陥っていたかも知れない境遇を示している。彼がアフリカ奥地で帝国の任務を果たすため、苦難に黙って耐え続けた挙句に無残に殺されるとすれば、奴隷のような境遇の黒人とどれほどの違いがあるのか。黒人による「遠いつながり」の訴えは、マーローに対してそう訴えかけているようにも見える。

ヘミングウェイの『持つと持たぬと』に登場する黒人もやはり、戦闘で死ぬかもしれない傷を受け、しかも自己抑制という規範に従わない存在として提示されている。ヘミングウェイがその黒人を描いたとき、『闇の奥』の傷を負った黒人を意識していなかったとは思えない。この逸話が物語られている第六章は、最初一九三六年に雑誌『エスクァイア』に「密輸業者の帰還」（"The Tradesman's Return"）という題名の短編として掲載されたものであり、ヘミングウェイは『闇の奥』が収録されている一九三三年出版のコンラッド作品集を所有していた（Reynolds, *Hemingway's Reading* 112）。したがってヘミングウェイが『持つと持たぬと』の黒人の逸話を執筆した時点ではすでに『闇の奥』を読んでいたと考えるのが自然だろう。

戦闘で死に瀕し自己を抑制できない黒人、というのはまさに『闇の奥』と同じだが、それだけではない。両作品の場面設定を比べてみると、偶然とは思えない一致が認められる。『闇の奥』と全く同様に、白人の主人公ハリー・モーガンは黒人の部下と共に船で航行しているところを、敵の一斉射撃を受け、その黒人ウェスリーは瀕死の傷を負う。そして船上で血の海に横たわって苦悶にあえぎながら、視点人物でもあるハリーと対峙するのである。全ての文学テクストは先行テクストを下敷きにし、それを変形させた「パランプセスト（重ね書き）」であるというジェラール・ジュネットの言に倣えば、このウェスリーの逸話は、『闇の奥』の死に瀕した黒人の逸話のパランプセストであると見なせるだろう。

『持つと持たぬと』では『闇の奥』とはやや異なり、主人公のハリーは黒人同様、いや黒人以上の傷を負う。そしてハリーは黒人であるウェスリーとは対照的に、泣き言一つ言わずに苦痛に耐え抜き、その結果自己抑制という男性的規範を体現する存在となる。批評家クォンが言うように「白人の男らしさの模範」となるのだ（Kwon 80）。だがそれによって同時にハリーは、ブルックスとウォレンが認めているような自己抑制という規範の「非人間的」な面、「無感覚」の強要という一面を、極端なかたちで露呈させる。彼は自分の感情を抑えるだけでなく他者への感情移入も封じており、人間的な弱みを見せない反面、機械のように冷酷な存在と化している。言い換えれば彼は、短編「殺し屋」における殺し屋達に極めて近い人物になっている。これは単なる修辞ではなく文字通りの事実であり、現に彼は物語の中で中国人密航者達を殺害して平然としている。

自己抑制という規範の権化とも言えるハリーは、ウェスリーと一緒に攻撃を受けて傷を負ったとき、自らの苦しみに耐えるだけでなく、ウェスリーにも彼と同様に苦痛と死の恐怖に耐えることを要求する。苦痛を訴えるウェスリーに対してハリーが告げる「落ち着け（Take it easy）」という勧告は、自己抑制あるいは感情の抑圧を求める要求であり、『我らの時代に』において死刑囚に向かって聖職者が言う「男らしくしろ、息子よ（Be a man, my son）」という訓告と通じ合う。しかしながら、『我らの時代に』において沈黙させられたままの白人死刑囚とは対照的に、『持つと持たぬと』のウェスリーはこの自己抑制の要求に対し、雄弁にも異議申し立てを行う。

「落ち着け、と男は言う」と黒人は話し続けた。

「落ち着け。何を落ち着いて受けとめろっていうんだ?（Take it easy. Take what easy?）犬みたいに死んでいくのを落ち着いて受けとめるのか?　あんたが俺をここに連れてきたんだ。俺を出してくれ。（Get me out.）」（*To Have* 73）

自己抑制という規範の受け入れを拒むウェスリーは、ブルックスとウォレンの言い方を借りれば「自発的な人間の感情」の抑圧を強要されることに断固として抵抗していると言えるだろう。彼の自己抑制という規範への抵抗は、規範そのものの非人間性に対する痛烈な批判となっている。彼はヘミングウェイの文学において白人男性が言うのを許されないこと、苦しみと死の恐怖にじっと耐えるのを強いられる男性達が口にできないことを話すのである。

なお第四章で論じたように、一九二七年にヘミングウェイが「ポーター」草稿を書いたとき黒人に自己表現の言葉を語らせるのを躊躇し最終的にはその言葉を削除したのに対し、約十年後に書かれたこの小説で黒人であるウェスリーは雄弁に自己主張をしているわけだが、その違いはどう理解すべきだろうか。おそらくヘミングウェイは、「ポーター」のように黒人として生きる苦しみや人種差別に対し黒人が感じる憤懣については、当事者でないがゆえにその心境を代弁するのには抵抗感があった一方で、戦闘で殺される恐怖は人種や出自による違いに関わりなく誰もが感じるはずのものだし、そうした恐怖の感情を抑圧しなければならない理不尽さも誰もが感じ得るはずだと思っていたのだろう。それゆえ恐怖の感情や理不尽さを押しつけられることへの不服を黒人に語らせることには、人種差別への抗議を代弁するのに比べれば抵抗感や躊躇は少なかったのではないかと思われる。

いずれにせよこのウェスリーの真摯な問いかけに対して、ハリーはただ一言「落ち着け」と、ウェスリーが痛烈な皮肉の対象にした当の言葉を繰り返すことしかできない（73）。こうして自己抑制の規範を体現するハリーの命令の言葉は、『持つと持たぬと』というテクストの中で問題化され、その規範の妥当性を疑問視するウェスリーの問いは反駁もされず、答えられもしないまま未解決の問いとして残される。

そしてさらには小説の終盤にさしかかり、瀕死のハリーが息絶える寸前に意味不明な言葉を口走るようになると、苦痛や死の危険を寡黙に落ち着いた態度で受けとめる白人ハリーと動揺し感情を吐露する黒人ウェスリーとの違いはより曖昧になる。そしてハリーが結局死ぬことになると、コンラッド『闇の奥』で死に瀕した黒人から白人に向けて発せられた「遠いつながりの訴え」に応じるかのように、『持つと持たぬと』ではハリーと黒人の立場との重複が示唆される。ハリーは死の間際に「男は（A man,）」と途切れがちに話し始め、「手に入れないいや何も得てない本当にできないない何も出口も。（Ain't got no hasn't got any can't really isn't any way out.）」とつぶやく。この不明瞭な臨終の言葉は、「男（A man）」にとっての「出口（way out）」の無さを暗示しているようにも、また傷を負ったあと物語から消える黒人ウェスリーの、「俺を出してくれ（"Get me out.）」という解放の訴えに呼応する言葉にも聞こえる（224）。そして死んだハリーの位置は、「黒ん坊のような外見（niggery looking one）」と形容される、ハリーの反撃で皆殺しにされたキューバ人の一人によって占められるのである。瀕死のハリーを運び出した巡視船船長は、そこに船から落ちそうになっていた死体を移し、移動前の状況を後に次のように報告する。「元の状態のままで、ただし黒ん坊のような外見の奴が、ハリーの居たところに横向きに横たわっている（Just like it was only that niggery looking one on his side is laying where Harry lay.）」（249）。こうして白人男性の規範を固守し続けたハリーは最終的には、死を契機に「黒ん坊のような」存在と同じ位置を占めることになる。

感情の抑圧という男性的規範に支配されているかに見えるヘミングウェイの作品群の中に存在しながら、そうした規範の外にいる、あるいはそうした規範に従おうとしない黒人達。ヘミングウェイのテクストに散見される彼らの存在は、その規範への抵抗の拠点をなしており、テクストを攪乱し、鎮められることのない動揺をもたらすのである。

参考文献

Anderson, Sherwood. *Dark Laughter.* 1925. Liveright, 1953.

———. "The Negro in Art: How Shall He Be Portrayed." *The Crisis: A Record of the Darker Races,* vol. 31, no. 5, 1926, pp. 35-36.

———. *Sherwood Anderson: Selected Letters.* Edited by Charles E. Modlin. The University of Tennessee Press, 1984.

———. "The South: The Black and White, and Other Problems Below the Mason and Dixon Line." *Vanity Fair,* Sept. 1926, pp. 49-50.

———. *A Story Teller's Story.* 1924. American Reprint Company, 1952.

———. *The Triumph of the Egg.* B. W. Huebsch, Inc., 1921.

———. *Winesburg, Ohio.* 1919. Edited by Charles E. Modlin and Ray Lewis White, Norton, 1996.

Ayers, David. "Wyndham Lewis and the Modernists: Internationalism and Race." *Modernism and Race,* edited by Len Platt, Cambridge University Press, 2011, pp. 156-172.

Baker, Carlos. *Hemingway: The Writer as Artist.* Princeton University Press, 1952.

Baker, Houston A., Jr. *Modernism and the Harlem Renaissance.* The University of Chicago Press, 1987.

Barnes, Daniel R. "The Traditional Narrative Sources for Hemingway's *The Torrents of Spring.*" *Studies in Short Fiction,* vol. 19, 1982, pp. 141-150.

Beall, John. "Bugs and Sam: Nick Adams's Guide in Hemingway's 'The Battler' and 'The Killers.'" *The Hemingway Review,* vol. 38, no. 2, 2019, pp. 42-58.

Bederman, Gail. *Manliness and Civilization: A Cultural History of Gender and Race in the United States, 1880-1917.* The University of Chicago Press, 1995.

Bhabha, Homi. "The Black Savant and the Dark Princess." *The Nation across the World: Postcolonial Literary Representations,* edited by Harish Trivedi, Meenakshi Mukherjee, C. Vijayasree, T. Vijay Kumar. Oxford University Press, 2007, pp. 41-62.

Brooks, Cleanth, and Robert Penn Warren. *Understanding Fiction.* 1943, Crofts, 1959.

Brooks, Wan Wyck. *American's Coming-of-Age.* 1915. *America's Coming-of -Age,* Amereon House, 1990, pp. 1-88.

———. "Young America." *The Seven Arts,* Dec. 1916, pp. 144-151.

Burkhart, Robert E. "The Composition of *The Torrents of Spring.*" *The Hemingway Review,* vol. 7, no. 1, 1987, p. 64.

Cather, Willa. *One of Ours.* Knopf, 1922.

Chapple, Richard. "Ivan Turgenev, Sherwood Anderson, and Ernest Hemingway: *The Torrents of Spring* All." *New Comparison: A Journal of Comparative and General Literary Studies,* vol. 5, 1988, pp. 136-149.

Conrad, Joseph. *Heart of Darkness: Authoritative Text, Backgrounds and Contexts, Criticism.* Edited by Paul B. Armstrong, Norton, 2006.

Copjec, Joan. *Read My Desire: Lacan against the Historicists.* The MIT Press, 1994.

Cronon, E. David. *Black Moses: The Story of Marcus Garvey and the Universal Negro Improvement Association.* University of Wisconsin Press, 1969.

Davies, William Henry. *The Autobiography of a Super-Tramp.* 1908 Knopf, 1917. https://archive.org/details/autobiographyofs00davi/page/n1/mode/2up?ref=ol&view=theater

Doane, Woody. "Rethinking Whiteness Studies." *White Out: The Continuing Significance of Racism,* edited by Ashley W. Doane and Eduardo Bonilla-Silva, Routledge, 2003, pp. 3-18.

Douglas, Ann. *Terrible Honesty: Mongrel Manhattan in the 1920s.* Farrar, Straus and Giroux, 1995.

Dow, William. "Jean Toomer's *Cane* and *Winesburg, Ohio*: Literary Portraits from the "Grotesque Storm Center." *Q/W/E/R/T/Y: arts, litt*ératures & civilisations du monde anglophone, vol. 7, 1997, pp. 129-136.

Du Bois, W. E. B. *Dark Princess: A Romance.* 1928. University Press of Mississippi, 1995.

———. *Dark Water: Voices from Within the Veil.* 1920. Oxford University Press, 2007.

———. *The Souls of Black Falk.* 1903. Simon and Schuster, 2005.

Dudley, Marc Kevin. *Hemingway, Race, and Art: Bloodlines and the Color Line.* The Kent State University Press, 2012.

———. "Killin'em with Kindness: 'The Porter' and Hemingway's Racial Cauldron." *The Hemingway Review,* vol. 29, no. 2, 2010, pp. 28-45.

Edwards, Brent Hayes. *The Practice of Diaspora: Literature, Translation, and the Rise of Black Internationalism.* Harvard University Press, 2003.

Fanning, Michael. "Black Mystics, French Cynic, Sherwood Anderson." *Black American Literature Forum.* vol. 11, no. 2, 1977, pp. 49-53.

Fantina, Richard. *Ernest Hemingway: Machismo and Masochism.* Palgrave Macmillan, 2005.

Fauset, Jessie. "No End of Books." *Crisis,* vol. 23, no. 5, Mar. 1922, pp. 208-210.

———. "'Batouala' Is Translated," *Crisis,* vol. 24, no. 5, Sept. 1922, pp. 218-219.

Felman, Shoshana. "Turning the Screw of Interpretation." *Literature and Psychoanalysis: The Question of Reading: Otherwise,* edited by Shoshana Felman, The Johns Hopkins University Press, 1977, pp. 94-207.

Finkel, De Ann Clayton. *Telling Time: Time, Chronology and Change in Sherwood Anderson's Winesburg Ohio and Jean Toomer's* Cane. 2004. University of Connecticut, PhD dissertation.

Foley, Barbara. "In the Land of Cotton: Economics and Violence in Jean Toomer's *Cane*." *African American Review*, vol. 32, no. 2, 1998, pp. 181-198.

Forbes, Camille F. "Dancing with 'Racial Feet': Bert Williams and the Performance of Blackness." *Theatre Journal*, vol. 56, no. 4, 2004, pp. 603-625.

Frank, Waldo. *Holiday*. 1923, University of Illinois Press, 2003.

———. *Our America*. Boni and Liveright, 1919.

Gajdusek, Robert E. "*The Torrents of Spring:* Hemingway's Application for Membership in the Club." *North Dakota Quarterly*, vol. 66, no. 2, 1999, pp. 20-34.

Gasiorek, Andrzej. "War, 'Primitivism,' and the Future of 'the West': Reflections on D. H. Lawrence and Wyndham Lewis." *Modernism and Colonialism: British and Irish Literature, 1899-1939*, edited by Richard Begam and Michael Valdez Moses, Duke University Press, 2007, pp. 91-110.

Gates, Henry Louis, Jr. *Figures in Black. Words, Signs, and the "Racial" Self.* Oxford University Press, 1987.

Grant, Nathan. *Masculinist Impulses: Toomer, Hurston, Black Writing, and Modernity*. University of Missouri Press, 2004.

Helbling, Mark. "Sherwood Anderson and Jean Toomer." *Negro American Literature Forum*, vol. 9, no. 2, 1975, pp. 35-39.

Hemingway, Ernest. *Across the River and into the Trees*. 1950. Scribner's, 1970.

———. *By-Line: Selected Articles and Dispatches of Four Decades*. Edited by William White. Scribner's, 1967.

———. *Complete Poems*. Edited by Nicholas Gerogiannis, University of Nebraska Press, 1979.

———. *The Complete Short Stories of Ernest Hemingway: The Finca Vigia Edition*. Scribner, 1987.

———. *Dateline: Toronto: Hemingway's Complete Dispatches for the Tronto Star 1920-1924.* Edited by William White, Scribner's, 1985.

———. *Ernest Hemingway, Selected Letters 1917-1961.* Edited by Carlos Baker, Scribner's, 1981.

———. *Ernest Hemingway's Apprenticeship: Oak Park, 1916-1917.* Edited by Matthew J. Bruccoli, National Cash Register Company, 1971.

———. *A Farewell to Arms.* 1929. Scribner's, 1969.

———. *For Whom the Bell Tolls.* 1940. Scribner's, 1968.

———. *Jimmy Breen* Manuscript. Hemingway Collection, John F. Kennedy Library, Boston.

———. *The Letters of Ernest Hemingway, Vol. 2: 1923-1925.* Edited by Sandra Spanier, Albert J. DeFazio III, and Robert W. Trogdon, Cambridge University Press, 2013.

———. *The Sun Also Rises.* 1926. Scribner's, 1970.

———. *To Have and Have Not.* 1937. Scribner's, 1970.

———. *The Torrents of Spring.* 1926. Simon and Schuster, 1998.

———. *The Torrents of Spring* Manuscript. Hemingway Collection, John F. Kennedy Library, Boston.

Herndl, Diane Price. "Invalid Masculinity: Silence, Hospitals, and Anesthesia in *A Farewell to Arms.*" *The Hemingway Review,* vol. 21, no.1, 2001, pp. 38-52.

Hill, Robert A. Ed. *The Marcus Garvey and Universal Negro Improvement Association Papers.* Vol.2, University of California Press, 1983.

Holcomb, Edward, and Charles Scruggs, editors. *Hemingway and the Black Renaissance.* The Ohio State University Press, 2012.

———. "Race and Ethnicity: African Americans." *Ernest Hemingway in Context,* edited by Debra Moddelmog and Suzanne Del

Gizzo, Cambridge University Press, 2013, pp. 307-314.

Hovey, Richard B. "*The Torrents of Spring:* Prefiguration in the Early Hemingway." *College English,* vol. 26, 1965, pp. 460-464.

Hutchinson, George. *The Harlem Renaissance in Black and White.* The Belknap Press of Harvard University Press, 1995.

———. "Tracking Faulkner in the Paths of Black Modernism." *Faulker and Black Literatures of the Americas,* edited by Jay Watson and James G. Thomas, Jr., University Press of Mississippi, 2016, pp. 59-73.

Johnson, Barbara. *A World of Difference.* Johns Hopkins University Press, 1987.

Junkins, Donald. "'Oh, Give the Bird a Chance': Nature and Vilification in Hemingway's *The Torrents of Spring.*" *North Dakota Quarterly* , vol. 63, no. 3, 1996, pp. 65-80.

Katz, Daniel. *American Modernism's Expatriate Scene: The Labour of Translation.* Edinburgh University Press, 2007.

Kaye, Andrew M. *The Pussycat of Prize-Fighting Tiger Flowers and the Politics of Black Celebrity.* The University of Georgia Press, 2004.

Kipling, Rudyard. *A Kipling Pageant.* Country Life Press, 1942. https://archive.org/details/kiplingpageant0000rudy/page/n5/mode/2up

———. *Rewards and Fairies.* Vol.15 of *Complete Works in Prose and Verse of Rudyard Kipling.* Macmillian and Company, 1938. https://archive.org/details/dli.ernet.235550/page/3/mode/2up

Knott, Toni D., editor. *One Man Alone: Hemingway and To Have and Have Not.* University Press of America, 1999.

———. "Playing in the Light: Examining Categorization in *To Have and Have Not* as a Reflection of Identity or Racism."*North Dakota Quarterly,* vol. 64, no. 3, 1997, pp. 82-88.

Kornweibel, Theodore Jr., "*Seeing Red*"*: Federal Campaigns against Black Militancy, 1919-25.* Indiana University Press, 1998.

Kwon, Seokwoo. "Masculine Gender and Sexuality in Hemingway's *To Have and Have Not.*" *Feminist Studies in English Literature,* vol. 9, no.2, 2002, pp. 77-93.

Lawrence, D. H. *Mornings in Mexico and Other Essays.* Edited by Virginia Crosswhite Hyde, Cambridge University Press, 2014.

Ledden, Dennis B. "Self-Parody and Satirized Lovers in *The Torrents of Spring.*" *Hemingway Review,* vol. 34, no. 2, 2015, pp. 91-104.

Lewis, David Levering. *W. E. B. Du Bois: The Fight for Equality and the American Century, 1919-1963.* Henry Holt and Company, 2000.

Lewis, Wyndham. *Hitler.* Chatto and Windus, 1931.

———. *Men Without Art.* 1934. Black Sparrow Press, 1987.

———. "Paleface or 'Love? What ho! Smelling Strangeness.'" *The Enemy,* no. 2. Sept. 1927, pp. 3-112.

———. *Paleface: The Philosophy of the 'Melting-Pot.'* 1929. Gordon Press, 1972.

———. "Vorteces and Notes." *Blast,* vol. 1, 1914, Gingko Press, 2009, pp. 127-152.

Locke, Alain. "Beauty Instead of Ashes." *The Nation,* 18 Apr. 1928, pp. 432-434.

———. "The Colonial Literature of France." *Opportunity,* vol.1, no.11, Nov. 1923, pp.331-335. https://babel.hathitrust.org/cgi/pt?id=mdp.39015005382083&seq=339

———, editor. *The New Negro: Voices of the Harlem Renaissance.* 1925. Simon & Schuster, 1997.

Lockwood, David M. "Sherwood Anderson and *Dark Laughter:* Discovery and Rebellion." *Society for the Study of Midwestern Literature Newsletter,* vol. 11, no. 2, 1981, pp. 23-32.

Loeb, Halold. "The Mysticism of Money."*Broom,* vol. 3, no. 2, Sept. 1922, pp. 115-130.

———. *The Way It Was.* Criterion Books, 1959.

Lott, Eric. *Love and Theft: Blackface Minstrelsy and the American Working Class.* Oxford University Press, 1993.

Maran, Rene. *Batouala.* Translated by Adele Szold Seltzer, New York, Thomas Seltzer, 1922.

Mencken, H. L. "The Aframerican: New Style," *The American Mercury* , vol. 7, Feb. 1926, pp. 254-255.

———. *The American Language: An Inquiry into the Development of English in the United States.* 3rd ed. Knopf, 1923.

———. "Notes in the Margin." *Smart Set,* vol.63, no.3, Nov. 1920, pp. 138-144. https://repository.library.brown.edu/studio/item/bdr:568324/PDF/

Messent, Peter. *Ernest Hemingway.* Macmillan, 1992.

Meyers, Jeffrey. *The Enemy: A Biography of Wyndham Lewis.* Routledge and Kegan Paul, 1980.

———. *Hemingway: A Biography.* Da Capo Press, 1999.

Moddelmog, Debra. *Reading Desire: In Pursuit of Ernest Hemingway.* Cornell University Press, 1999.

Morrison, Toni. *Playing in the Dark: Whiteness and the Literary Imagination.* Vintage, 1993.

North, Michael. *The Dialect of Modernism: Race, Language and Twentieth-Century Literature.* Oxford University Press, 1994.

Nwezeh, E. C. "Rene Maran: Myth and Reality."*Odu: A Journal of West African Studies,* vol. 18, 1978, pp. 91-105.

Omi, Michael and Howard Winant. *Racial Formation in the United States: From the 1960s to the 1990s.* Routledge, 1994.

Pipes, Candice. "Teaching the Harlem Renaissance through Hemingway: Divergences and Intersections of *The New Negro* and *In Our Time.*" *Teaching Hemingway and Race,* edited by Gary Edward Holcomb and Marc P. Ott, Kent State University Press, 2018, pp. 85-97.

Rasmussen, Birgit Brander, Eric Klinenberg, Irene J. Nexica, and Matt Wray. Introduction. *The Making and Unmaking of Whiteness,* edited by Rasmussen, Klinengerg, Nexica, and Wray, Duke University Press, 2001, pp. 1-24.

Reynolds, Michael. *Hemingway: The American Homecoming.* Blackwell, 1992.

———. *Hemingway's First War: The Making of A Farewell to Arms.* Princeton University Press, 1976.

———. *Hemingway's Reading: 1910-1940.* Princeton University Press, 1981.

———. *The Young Hemingway.* Blackwell, 1986.

Rideout, Walter B. "*Dark Laughter* Revisited." *The Winesburg Eagle,* vol. 20, 1995, pp. 1-4.

———. *Sherwood Anderson: A Writer in America.* Vol. 1. The University of Wisconsin Press, 2006.

Robinson, Sally. *Marked Men: White Masculinity in Crisis.* Columbia University Press, 2000.

Roosevelt, Theodore. *African Game Trails : An Account of the African Wanderings of an American Hunter-Naturalist.* J. Murray, 1910.

Ross, Lillian. *Portrait of Hemingway.* Simon and Schuster, 1961.

Ruddick, Lisa. *Reading Gertrude Stein: Body, Text, Gnosis.* Cornell University Press, 1990.

Scruggs, Charles. "The Reluctant Witness: What Jean Toomer Remembered from *Winesburg, Ohio.*" *Studies in American Fiction,* vol. 28, 2000, pp. 77-100.

———. *The Sage in Harlem: H. L. Mencken and the Black Writers of the 1920s.* The Johns Hopkins University Press, 1984.

Scruggs, Charles and Lee VanDemarr. *Jean Toomer and the Terrors of American History.* University of Pennsylvania Press, 1998.

Shakespeare, William. *Othello.* Edited by Edward Pechter, Norton, 2004.

Sherman, Stuart. *Americans.* 1924. Patric Henry University Press, 2001.

Showalter, Elaine. *The Female Malady: Women, Madness and English Culture, 1830-1980.* A Virago Book, 1987.

Smethurst, James. *The African American Roots of Modernism: From Reconstruction to the Harlem Renaissance.* The University of North Carolina Press, 2011.

Smith, Eric Ledell. *Bert Williams: A Biography of the Pioneer Black Comedian.* McFarland and Company, 1992.

Somerville, Siobhan B. *Queering the Color Line: Race and the Invention of Homosexuality in American Culture.* Duke University Press, 2000.

Spanier, Sandra Whipple. "Hemingway's Unknown Soldier: Catherine Barkley, the Critics, and the Great War." *New Essays on* A Farewell to Arms, edited by Scott Donaldson, Cambridge University Press, 1990, pp. 75-108.

Stein, Gertrude. 1909. *Three Lives.* Penguin, 1990.

Stowe, Harriet Beecher. *Uncle Tom's Cabin.* 1852. Penguin, 1981.

Strong, Amy. *Race and Identity in Hemingway's Fiction.* Macmillan, 2008.

Svoboda, Terese. *Anything That Burns You: A Portrait of Lola Ridge, Radical Poet.* Schaffner Press, 2015.

Taylor, Welford Dunaway. "A Shelter from *The Torrents of Spring.*" *French Connections: Hemingway and Fitzgerald Abroad,* edited by Gerald Kennedy and Jackson R. Bryer, Macmillan, 1998, pp. 101-119.

Toomer, Jean. *Cane.* 1923. Edited by Darwin T. Turner, Norton, 1988.

———. *The Letters of Jean Toomer: 1919-1924.* Edited by Mark Whalan, The University of Tennessee Press, 2006.

Turner, Darwin T. "An Intersection of Paths: Correspondence between Jean Toomer and Sherwood Anderson." *College Language Association Journal,* vol. 4, 1974, pp. 455-467.

Vincent, Theodore. *Black Power and the Garvey Movement.* 1970. Black Classic Press, 2006.

Waddell, Nathan. "Wyndham Lewis's 'Very Bad Thing': Jazz, Inter-War Culture, and *The Apes of God.*" *Modernist Cultures,* vol. 8, no. 1, 2013, pp. 61-81.

Ward, Geoffrey C. *Unforgivable Blackness: The Rise and Fall of Jack Johnson.* Vintage, 2004.

Warren, Robert Penn. "Hemingway." *The Kenyon Review,* vol. 9, 1947, pp. 1-28.

Whalan, Mark. *Race, Manhood, and Modernism in America: The Short Story Cycles of Sherwood Anderson and Jean Toomer.* The University of Tennessee Press, 2007.

White, Ray Lewis. "Anderson's Private Reaction to *The Torrents of Spring,*" *Modern Fiction Studies,* vol. 26, 1980, pp. 635-637.

———. "Hemingway's Private Explanation of *The Torrents of Spring,*" *Modern Fiction Studies,* vol. 13, 1967, pp. 261-263.

Winkiel, Laura. "Cabaret Modernism: Vorticism and Racial Spectacle." *Geomodernisms: Race, Modernism, Modernity,* edited by Laura Doyle and Laura Winkiel, Indiana University Press, 2005, pp. 206-224.

Woolf, Virginia. *Mrs. Dalloway.* 1925, Harvest Book, 1981.

Wright-Cleveland, Margaret E. "Sherwood Anderson: Mentor of American Racial Identity." *Midamerica,* vol. 37, 2010, pp. 46-62.

———. *White* Is *a Color: Race and the Developing Modernism of Jean Toomer, Ernest Hemingway, and William Faulkner.* 2009, Florida State University, PhD dissertation.

———. "*Cane* and *In Our Time:* A Literary Conversation about Race." *Hemingway and the Black Renaissance,* edited by Gary Edward Holcomb and Charles Scruggs, The Ohio State University Press, 2012, pp. 151-176.

Wylder, Delbert. *Hemingway's Heroes.* University of New Mexico Press, 1969.

"The Poor White. *Paleface: The Philosophy of the Melting Pot.* By Windham Lewis." *Spectator,* 8 June, 1929. pp. 904-905.

"The 'Poor White.' Mr. Wyndham Lewis's Paradox." *Times,* 17 May, 1929.

"Slayers Third Will Die Today." *Chicago Daily Tribune,* 15 Oct, 1920, p. 21.

内田水生　「アーネスト・ヘミングウェイの『エデンの園』における「白さ」の問題――キャサリン・ボーンの人種に関する強迫観念とヘミングウェイの「白さ」への不安」『ホワイトネスとアメリカ文学』安河内英光、田部井孝次編著、開文社、二〇一六年、一〇一－一三七頁

日下幸織　「『痛み』と遭遇する場としての『インディアン・キャンプ』」『ヘミングウェイ研究』十五号（二〇一四年）、五七－六六頁

沢木梢　「印象派より立体派未来派に達する迄」『三田文学』八巻一号（一九一七年）、一六九－一九一頁

島村法夫「ヘミングウェイと戦傷という病――精神的外傷と癒しのメカニズム」『ヘミングウェイを横断する』日本ヘミングウェイ協会編、本の友社、一九九九年、五五－七〇頁
砂野幸稔「黒人文学の誕生――ルネ・マラン『バトゥアラ』の位置」『フランス語フランス文学研究』六三号（一九九三年）、六九－八〇頁
中山徹「太西洋横断的視差――共感的知性の二律背反」『言語社会』第五号（二〇一一年）、四七－六一頁
野口米次郎「倫敦で見た新派の絵画」『三田文学』六巻三号（一九一五年）、一七五－一八六頁
畠山研「"I See Me Dead"――『武器よさらば』に横たわるキャサリン・バークレーとイーディス・キャベル」『エスニシティと物語り――複眼的文学論』西垣内磨留美、君塚淳一、中垣恒太郎、馬場聡編、金星堂、二〇一九年、三三〇－三四〇頁
本荘忠大「"The Porter"とプルマン・ポーター労働運動」『英語と文学、教育の視座』渋谷和郎、野村忠央、土屋峻編著、DTP出版、二〇一五年、八五－九六頁
三宅美千代「帝都ロンドンから見たハーレム・ルネサンス――文化とアクティヴィズムの出会う場所」『ハーレム・ルネサンス――〈ニュー・ニグロ〉の文化社会批評』松本昇監修、深瀬有希子、常山菜穂子、中垣恒太郎編著、明石書店、二〇二一年、二一七－二三三頁
ジェラール・ジュネット『パランプセスト――第二次の文学』和泉涼一訳、水声社、一九九五年
バーバラ・ジョンソン『差異の世界――脱構築・ディスクール・女性』大橋洋一、青山恵子、利根川真紀訳、紀伊國屋書店、一九九〇年
ジャック・ラカン『精神分析の四基本概念』ジャック＝アラン・ミレール編、小出浩之、新宮一成、鈴木國文、小川豊昭訳、岩波書店、二〇〇〇年
「英国の立体派振ふ」『萬朝報』一九一四年五月五日

初出一覧

序　章　書き下ろし

第一章　以下の論文に加筆修正

「シャーウッド・アンダソンとジーン・トゥーマー――視線の暴力をめぐる、テクスト間の対話」、吉田廸子ほか著『ターミナル・ビギニング――アメリカの物語と言葉の力』、論創社、二〇一四年、八〇-一〇四頁

第二章　書き下ろし（一部、以下の口頭発表の未出版原稿に基づく）

「ウィンダム・ルイスとシャーウッド・アンダソンと非白人の眼――*Paleface* と *Dark Laughter* の人種的不安」、日本英文学会関東支部第一一回大会、二〇一五年一〇月

第三章　以下より該当部を併せ、かつ大幅に加筆修正

「つきまとう『暗い笑い』――『春の奔流』における帰還兵と黒人」、日本ヘミングウェイ協会編『ヘミングウェイ批評――新世紀の羅針盤』、小鳥遊書房、二〇二二年、一二七-一四一頁

「『国民文化』創造の分岐点――『若きアメリカ』の系譜とヘミングウェイ、そしてトゥーマー」、中央大学人文科学研究所編『ローカリティのダイナミズム――連動するアメリカ作家・表現者たち』中央大学出版部、二〇二四年、六七-一〇一頁

第四章　書き下ろし

第五章　以下の論文を基に、大幅に加筆修正

「〈白人らしさ〉の仮面――自己抑制と処刑、『武器よさらば』」、『ヘミングウェイ研究』第一八号、二〇一七年、三一―四一頁

第六章　以下の論文に加筆修正

「男性的規範の圧制と、抵抗する黒人達――「殺し屋」と『持つと持たぬと』を中心に」、『ヘミングウェイ研究』第一四号、二〇一三年、九五―一〇四頁

あとがき

本書では人種表象、人種関係を扱っている。だが実を言うと、人種というのは長年避けていたテーマだった。大学院の指導教官だった吉田廸子先生は、フォークナーをはじめとするアメリカ南部作家、そしてトニ・モリスンら黒人女性作家を研究しておられたので、大学院時代にはフォークナーや黒人文学を授業では読まされた。それなのに、あるいはだからこそかもしれないが、黒人文学を自分はまったく研究してこなかったし、人種問題を論じることもほとんどなかった。興味を持って取り組んだのは、ヘミングウェイを修士論文で扱って以来、白人男性作家ばかりだった。日本に生まれ育った自分には人種問題は縁遠く感じられ、また社会の少数派に属するとは感じていなかったのでマイノリティの文学に惹かれることはなかった。

大学院に入ったとき、修論で取り組みたい作家を吉田先生から尋ねられて、ヘミングウェイと答えたところ、先生からは、私ヘミングウェイ嫌いなのよ、別の作家にすれば、と言われたものの、ずっと好きな作家だからと頼み込み、認めてもらったという経緯がある。嫌いな作家にもかかわらず指導を引き受けてくださった吉田先生の寛大さには、今でも感謝している。とにかくそれ以来長年、吉田先生の研究とはかけ離れた、およそ対照的な領域で研究を続けてきた。

そこから転じて、文学における人種の問題を扱おうという気になったのにはきっかけがある。二〇〇一年アメリカ同時多発テロ事件の数年後に合衆国で飛行機に乗ったときのことだ。腰が冷え痛かったので、搭乗時に乗客に毛布を手渡していた乗務員から一枚もらおうとしたら、座席にあるはずと言われて断られ、ところが無かったので通りかかった乗務員に再度頼んだ。しばらくして別の乗務員が「毛布を頼んだ乗客はどなたですか」と言いながら来たので受け取ろうとすると、「あんたのじゃない」と一蹴され、乗務員は結局誰にも毛布を渡さずに立ち去ってしまった。あっけに取られた後、なぜ？と考えた。外国人だからか、いや、一言も発していなかったので判断できないはずだ。結局、アメリカ人か外国人かに関係なく、自分がアジア人で白人ではないからサービスに差をつけられたのではないか、という推論に達した。

後にサバティカルで米国滞在した際、知人にこの逸話を話したところ、搭乗した便がちょうどテロが起こったのと同じ航路だったことが分かり、乗務員はあの事件後かなり神経質になっていると説明された。怪しい奴、と思われたのかも知れない。だがいずれにせよ白人乗客は怪しまれず毛布をもらっていたので、外見上の違いつまりは人種的偏見に基づいた行動だったのだろう。その在米中にテレビ番組でアフリカ系アメリカ人の女性が、店でサービスを断られることがあり、一度ならず度々同様の目に遭うと差別と思わざるを得ないと話しているのを聞き、人種差別を人ごととは思えなくなった。

その後、『日はまた昇る』の草稿における黒人描写の度重なる修正を調査し、それを基にヘミングウェイの人種観について初参加の海外学会で発表することになった。発表原稿を事前に吉田先生に送ったところ、電話がかかってきて散々ダメ出しされた。しばらくしてまた電話があり、満点の出来でなくても、現時点での最善を公にして、色々意見を言ってもらって、それからまた前に進めばいいじゃない、というような趣旨のことを言われた後、「中村君の一番良い部分が出せるように準備を怠らないでね」と励まされた。時間が許す範囲で何とか書き直して発表し、その翌春、癌を患われていた先生は他界された。この研究書はその時の批判と励ましへの応答というつもりで書いた。読者から忌憚のない意見を頂いた後は、さらに遠い地平を目指して地道に進んでいきたい。

本書を刊行するにあたり、感謝を伝えたい人は数多くいるが、限られた誌面の都合上、お名前を挙げられるのはその一部にとどまる。大学のゼミで丁寧に、熱心に指導をしてくださり、文学研究に目を開かせてくださった楠原（斉藤）偕子先生。大学院の授業で一次資料読み込みの大切さ・執念を伝えてくださった根本治先生。院生時代にヘミングウェイの授業を聴講させていただいて以来、貴重な助言を常にくださった今村楯夫先生。学会や様々な場で研究への助言をくださった島村法夫先生。島村先生には学会に留まらずお世話になったのにその恩を返せておらず、感謝の一方で申し訳なく思っている。公表する研究に対し厳しくも建設的な意見を言って応じてくださる前田一平先生。今村先生、島村先生、前田先生の三人はヘミングウェイ協会の運営を長年中心となって支えてくださり、その点でも感謝しきれない。ちょうど自分が院生時代に設立されたヘミングウェイ協会がもし存在しなかったとしたら、自分がヘミングウェイの研究を続けていたかどうか定かではないし、元来飽きっぽく、しかも日々目の前の仕事をこなすのにほぼ精一杯の自分が文学研究そのものを今なお出来ていたか心許ない。

先輩、同年代、そしてより若い研究者たちの間で常に刺激を受けてこられたからこそ関心が途絶えなかったと思っているし、自由で風通しの良い雰囲気を作り上げてきたヘミングウェイ協会の人たちには本当に感謝している。あと二年で還暦という年齢にいつの間にか達し、気がつけば回りで年上の現役研究者はすっかり少なくなってしまったが、同世代の活躍そしてより若い人たちの研究へのひたむきさと情熱に接して、気持ちを新たに研究ができる。学会や研究会で接する人たちだけでなく、青山学院大学の大学院で共に学んだ仲間たちにも感謝している。特に、今も一緒に研究する機会がある本村浩二君、米山正文君にお礼を言いたい。そして十年以上前、単著をいつか出したいと口にしたところ、ぜひ実現するようにと言ってくださった田中久男先生。尊敬する大家からの一言は本当に励みになり、今でも感謝している。また、やりたい研究ができる環境を整えてくれている家族にも感謝したい。

なお本書の大部分は、二〇一三年度から二〇一六年度および二〇一七年度から二〇二二年度に受けた科学研究費補助金（基盤研究C）で行った研究の成果（科研費 25370308, 17K02559）を踏まえたものである。研究費助成事業を行っている日本学術振興会に感謝申し上げる。
最後に、本書の刊行に協力し実現させてくださった論創社の松永裕衣子さんに心より感謝を伝えたい。

二〇二四年八月一日

中村　亨

『アメリカの言語』(*The American Language*)　92

【モ】

モダニズム (Modernism)　7-9, 15, 23, 26, 58, 84
モデルモグ，デブラ (Moddelmog, Debra)　161, 203
モリスン，トニ (Morrison, Toni)　15-18, 21, 161, 166, 203, 204, 208
『白さと想像力――アメリカ文学の黒人像』(*Playing in the Dark: Whiteness and the Literary Imagination*)　15, 17, 21

【ラ】

ラーセン，ネラ (Larsen, Nella)　59
ライト＝クリーブランド，マーガレット (Wright-Cleveland, Margaret)　9, 10, 12, 13, 105
ラカン，ジャック (Lacan, Jacques)　39, 40

【リ】

リッジ，ローラ (Ridge, Lola)　109

【ル】

ルイス，ウィンダム (Lewis, Wyndham)　7, 10, 11, 13-15, 17-20, 22, 55, 57-65, 67-71, 76-85, 103-106, 110, 131, 183, 184, 197
『白い輩』(*Paleface*)　11, 13, 14, 18, 20, 57-60, 67, 68, 70, 77-84, 104, 106, 131
『ヒトラー』(*Hiltler*)　82

ルーズベルト，セオドア (Roosevelt, Theodore)　214-216
『アフリカの獲物の踏み跡』(*African Game Trails*)　214

【レ】

レノルズ，マイケル (Reynolds, Michael)　95, 96, 177, 185

【ロ】

ローゼンフェルド，ポール (Rosenfeld, Paul)　91, 97
ローブ，ハロルド (Loeb, Harold)　98-101, 109
ロスト・ジェネレーション (Lost Generation)　15, 106
ロック，アレイン (Locke, Alain)　62, 139
ロット，エリック (Lott, Eric)　158
ロビンソン，サリー (Robinson, Sally)　18
ロレンス，D・H (Lawrence, D. H.)　78-81, 84
『メキシコの朝』(*Mornings in Mexico*)　78-81

【ワ】

ワイルダー，デルバート (Wylder, Delbert)　183

「誰も知らない」(“A Way You’ll Never Be”)　152, 157, 212, 215
『春の奔流』(*The Torrents of Spring*)　11, 13-15, 20, 59, 86-89, 95, 99-105, 110-112, 115, 116, 121-124, 126-130, 132, 133, 151, 181, 191
「ビッグ・トゥ・ハーティド・リバー」(“Big Two-Hearted River”)　152
『日はまた昇る』(*The Sun Also Rises*)　97, 98, 100-103, 110, 111, 133, 177
『武器よさらば』(*A Farewell to Arms*)　21, 154, 160, 181-201
「兵士の帰郷」(“Soldier’s Home”)　158
『ヘミングウェイ全短編集』(*The Complete Short Stories of Ernest Hemingway*)　134
「ポーター」(“The Porter”)　132-138, 142-153, 158, 159, 221
「密輸業者の帰還」(“The Tradesman’s Return”)　219
『持つと持たぬと』(*To Have and Have Not*)　21, 161, 203, 204, 216-223
『我らの時代に』(*In Our Time*)　105, 209, 220

【ホ】

ホイットマン，ウォルト（Whitman, Walt)　89, 93, 96
ホウルコム，ゲイリー（Holcomb, Gary)　9, 106
『ポエトリー』(*Poetry*)　96
ポー，エドガー・アラン (Poe, Edgar Allan)　16, 17
ボニ・アンド・リブライト社 (Boni & Liveright)　86, 87
ホワイト，ウォルター（White, Walter)　59
ホワイトネス・スタディーズ (whiteness studies)　16, 18, 179, 202
本荘忠大　134

【マ】

マイヤーズ，ジェフリー（Meyers, Jeffrey)　58
マッケイ，クロード (McKay, Claude)　8
マラン，ルネ (Maran, Rene)　20, 139-142, 159
『バトゥアラ』(*Batouala*)　138-142

【ミ】

『三田文学』　63, 85
ミンストレル・ショー（minstrel show)　21, 153, 156, 158, 160, 173, 174, 176, 178

【メ】

メッセント，ピーター（Messent, Peter)　184
メンケン，H・L (Mencken, H. L.)　88, 92-96, 98-105, 107-111

【ヒ】

ヒステリー　78, 115, 116, 124, 170
ヒトラー，アドルフ（Hitler, Adolf）82
ヒューズ，ラングストン（Hughes, Langston）　59
ピューリタン（Puritan）　90, 95, 113, 119
表現主義（Expressionism）　61

【フ】

フェルマン，ショシャーナ（Felman, Shoshana）　81, 128
フォークナー，ウィリアム（Faulkner, William）　9, 13, 23
フォーセット，ジェシー（Fauset, Jessie）　139
ブラウン，ジョン（Brown, John）191, 192
『ブラスト』（*Blast*）　62, 84
フラワーズ，タイガー（Flowers, Tiger）　145-147
フランク，ウォルド（Frank, Waldo）31, 88-92, 96-99, 103-105, 108-110, 112, 119
　『ホリデー』（*Holiday*）　108
　『我々のアメリカ』（*Our America*）89-91, 96, 108, 112, 119, 120
プリミティビズム（primitivism）　12, 13, 84, 111, 112
『ブルーム』（*Broom*）　98-101, 109
ブルックス，ヴァン・ウィック（Brooks, Van Wyck）　89, 91-93, 96, 97
　『アメリカ成年に達す』（*America's Coming-of-Age*）　89, 91, 96
　「若きアメリカ」（”Young America”）　89
ブルックス，クリアンス（Brooks, Cleanth）　204, 205, 207, 208, 220, 221

【ヘ】

ベイカー・ジュニア，ヒューストン（Baker, Houston, Jr.）　177, 179
ヘミングウェイ，アーネスト（Hemingway, Ernest）　7-11, 13-23, 55, 59, 86-89, 95-97, 99-112, 114-117, 121-124, 126-136, 138-146, 148, 150-162, 165-168, 170, 171, 173-181, 185-191, 193, 196, 202-205, 207-209, 211-219, 221, 223
　「ウィル・デーヴィスへ」（“To Will Davies”）　162-168, 171-176
　「格闘家」（“The Battler”）　143, 177, 178
　『河を渡って木立の中へ』（*Across the River and into the Trees*）　186
　「究極的には」（“Ultimately”）169
　『今日は金曜日』（“Today Is Friday”）　176
　「黒人文学が台風の目に」（“Black Novel a Storm Center”）　139
　「殺し屋」（“The Killers”）　21, 178, 182, 203-210, 216, 220
　『誰がために鐘は鳴る』（*For Whom the Bell Tolls*）　143

42, 46, 48, 49, 72-74, 81, 105, 106, 108-110, 120, 139, 140, 142
「アヴェイ」(“Avey”)　37
「カーマ」(“Carma”)　37
「カリンサ」(“Karintha”)　37, 38, 109
「キャブニス」(“Kabnis”)　27, 29, 35, 40, 41, 109
『砂糖きび』(*Cane*)　9-11, 13, 19, 24-27, 30, 31, 35-38, 41-43, 45, 46, 48-53, 55, 72-75, 105, 106, 108, 109, 114, 120, 129, 142
「セブンス・ストリート」(“Seventh Street”)　109
「血が燃える月」(“Blood-Burning Moon”)　46, 48, 74, 142
「ファーン」(“Fern”)　37, 38
「ベッキー」(“Becky”)　37, 38-40, 52, 53
「ボーナとポール」(“Bona and Paul”)　27-29
トウェイン，マーク (Twain, Mark)　89, 93
ドライサー，セオドア (Dreiser, Theodore)　96
トラウマ　21, 86, 87, 114-118, 120-124, 126, 151-153, 155, 157, 159, 160, 170, 181, 185, 186, 212
『トロント・スター・ウィークリー』(*Toronto Star Weekly*)　139

【ナ】

ナチス　14, 82, 83, 105
ナチズム　82

【ニ】

『ニュー・ニグロ』(*The New Negro*)　107, 110, 139

【ネ】

『ネーション』(*Nation*)　62

【ノ】

ノース，マイケル (North, Michael)　8, 88, 89, 98
野口米次郎　63, 85
ノルディック (Nordic)　100, 103, 113

【ハ】

ハーレム・ルネッサンス (The Harlem Renaissance)　7-11, 14, 15, 22, 23, 58, 59, 62, 63, 66, 72, 84, 103, 105-107, 110, 139, 140, 177
ハーンドル，ダイアン (Herndl, Diane)　184, 202
パウンド，エズラ (Pound, Ezra)　8
白人性 (whiteness)　9, 12, 16, 18, 19, 65, 179, 202
畠山研　192
ハチンソン，ジョージ (Hutchinson, George)　8, 23
パランプセスト (重ね書き)　219
万国黒人地位改善協会 (Universal Negro Improvement Association)　69
万国人種会議 (The Universal Races Congress)　62

【サ】

サンドバーク，カール（Sandburg, Carl） 93

【シ】

シェイクスピア，ウィリアム（Shakespeare, William） 182, 186
　『オセロー』（*Othello*） 182
『シカゴ・デイリー・トリビューン』（*Chicago Daily Tribune*） 166
シャーマン，ステュアート（Sherman, Stuart） 95
ジュネット，ジェラール（Genette, Gérard） 219
ショーウォルター，エレン（Showalter, Elaine） 170, 171, 213
ジョンソン，ジャック（Johnson, Jack） 145-147
ジョンソン，バーバラ（Johnson, Barbara） 31, 52

【ス】

スクラッグス，チャールズ（Scruggs, Charles） 8, 9, 37, 56, 107
スクリブナー社（Scribner） 87, 134
スタイン，ガートルード（Stein, Gertrude） 8, 23, 84, 106
スパニアー，サンドラ（Spanier, Sandra） 200
『スペクテイター』（*Spectator*） 83
『スマート・セット』（*Smart Set*） 107

【セ】

精神分析批評 81, 128
『セブン・アーツ』（*Seven Arts*） 88-93, 97

【タ】

ターナー，ダーウィン（Turner, Darwin） 12
『タイムズ』（*Times*） 83
ダグラス，アン（Douglas, Ann） 8
ダッドリー，マーク（Dudley, Marc） 134, 135, 145, 161

【テ】

デーヴィス，ウィリアム・ヘンリー（Davies, William Henry） 162, 164, 165, 168, 176
　『最高の乞食の自伝』（*The Autobiography of a Super-Tramp*） 165
デュボイス，W・E・B（Du Bois, W. E. B） 20, 22, 59-63, 65-71, 76, 81, 85, 156, 157
　『黒い王女』（*Dark Princess*） 59-65, 67, 68, 70
　『黒い海流——ヴェールの内側からの声』（*Darkwater: Voices from Within the Veil*） 65
　『黒人のたましい』（*The Souls of Black Folk*） 156
　「白人民衆の魂」（"The Souls of White Folk"） 65
転移 81, 128

【ト】

トゥーマー，ジーン（Toomer, Jean） 7-13, 15, 18-20, 22, 24-36, 38, 41,

【エ】

【オ】

【カ】

【キ】

【ク】

【ケ】

【コ】

索　引

【ア】

【ウ】

＊図版出典（p.172）

"Publicity portrait of entertainer Bert Williams in blackface" *The New York Public Library Digital Collections*. 1900 - 1910. / PHOTOGRAPHER: Lumiere (N.Y.)

【著者】
中村 亨（なかむら・とおる）
1966年、京都府生まれ。1995年青山学院大学大学院博士後期課程満期退学。中央大学教授。主な著書に『ターミナル・ビギニング——アメリカの物語と言葉の力』（論創社、2014年、共著）、『ローカリティのダイナミズム——連動するアメリカ作家、表現者たち』（中央大学出版局、2024年、共著）、*Critical Analysis of Anais Nin in Japan*（Sky Blue Press、2023年、共著）、訳書に『一九二二年を読む——モダンの現場に戻って』（水声社、2021年）。

かき乱す〈黒人〉の声
——トゥーマー、アンダソン、ウィンダム・ルイスとヘミングウェイ

2024年10月10日　初版第1刷印刷
2024年10月15日　初版第1刷発行

著　者　中村　亨
発行者　森下紀夫
発行所　論 創 社
〒101-0051 東京都千代田区神田神保町 2-23　北井ビル
tel. 03 (3264) 5254　fax. 03 (3264) 5232
振替口座 00160-1-155266　web. http://www.ronso.co.jp
装　幀　奥定泰之
組　版　中野浩輝
印刷・製本　中央精版印刷

ISBN978-4-8460-2385-0 ©2024 Printed in Japan
落丁・乱丁本はお取り替えいたします。

論　創　社

ターミナル・ビギニング◉吉田廸子ほか著／中村亨編著

アメリカの物語と言葉の力　トニ・モリスン『ビラヴド』などの翻訳で知られるアメリカ文学者、吉田廸子氏に捧ぐ追悼論文集。大学院生時代に薫陶を受けた研究者らが、現代社会のアクチュアルな問題を深く掘り下げる。本体3000円

19世紀アメリカのポピュラー・シアター◉斎藤偕子

国民的アイデンティティの形成　芸能はいかに「アメリカ」という国民国家を形成させるために機能したのか。さまざまな芸能の舞台が映し出すアメリカの姿、浮かび上がるアメリカの創世記。　本体3600円

テクストの対話◉本村浩二

フォークナーとウェルティの小説を読む　「作者の死」から生まれた「間テクスト性」をキー概念に、フォークナーとウェルティの各々のテクストが取り交わす対話に注目する。清新にして緻密な意欲作。　本体2500円

デルタ・ウエディング◉ユードラ・ウェルティ

1923年秋、結婚式のために集ったデルタ地方の大農園一家の日常を、主に5人の白人女性の複雑な内面を通して緻密に描き出す。アメリカ深南部ミシシッピの作家ウェルティによる傑作長編小説、57年ぶりの新訳。(本村浩二訳)　本体3800円

アメリカ映画のイデオロギー◉細谷等ほか編著

視覚と娯楽の政治学　アメリカ映画という娯楽に潜む政治学を、カルチュラル・スタディーズ、ジェンダー論、クィア理論、ポスト・コロニアリズム等、多彩な視座から論じる意欲的なアンソロジー。　本体3000円

1915年　アメリカ文化の瞬間◉アデル・ヘラーほか編著

「新しい」政治・女性・心理学・芸術・演劇　政治・女性学・精神分析・芸術（絵画・写真）・演劇の各分野の一流の学者たちが、20世紀初頭のアメリカ前衛的文化運動を検証した名著の待望の邦訳。（山本俊一訳）　本体6000円

女たちのアメリカ演劇◉フェイ・E・ダッデン

女優と観客（1790〜1870）　18世紀から19世紀にかけて、女優たちの身体はどのように観客から見られ、組織されてきたのか。演劇を通してみる、アメリカの文化史・社会史の名著がついに翻訳！（山本俊一訳）　本体3800円

好評発売中！